La Solterona

Por

Edith Wharton

Copyright del texto © 2023 Culturea ediciones
Sitio web : http://culturea.fr
Impresión: BOD - Books on Demand
(Norderstedt, Alemania)
Correo electrónico : infos@culturea.fr
ISBN :9791041810949
Depósito legal : abril 2023

PRIMERA PARTE

CAPÍTULO 1

En el viejo Nueva York de 1850 despuntaban unas cuantas familias cuyas vidas transcurrían en plácida opulencia. Los Ralston eran una de ellas.

Los enérgicos británicos y los rubicundos y robustos holandeses se habían mezclado entre ellos dando lugar a una sociedad próspera, cauta y, pese a ello, boyante. Hacer las cosas a lo grande había sido la máxima de aquel mundo tan previsor, erigido sobre la fortuna de banqueros, comerciantes de Indias, constructores y navieros.

Aquellas gentes parsimoniosas y bien nutridas, a quienes los europeos tildaban de irritables y dispépticas solo porque los caprichos del clima les habían exonerado de carnes superfluas y afilado los nervios, vivían en una apacible molicie cuya superficie jamás se veía alterada por los sórdidos dramas que eventualmente se escenificaban entre las clases inferiores. Por aquellos días, las almas sensibles eran como teclados mudos sobre los cuales tocaba el destino una melodía inaudible.

Los Ralston y sus ramificaciones ocupaban una de las áreas más extensas dentro de aquella sociedad compacta de barrios sólidamente construidos. Los Ralston pertenecían a la clase media de origen inglés. No habían llegado a las colonias para morir por un credo, sino para vivir de una cuenta bancaria. El resultado había superado sus expectativas y su religión se había teñido de éxito. El espíritu de compromiso que había encumbrado a los Ralston encajaba a la perfección con una Iglesia de Inglaterra edulcorada que, bajo la conciliadora designación de Iglesia Episcopal de los Estados Unidos de América, suprimía las alusiones impúdicas de las ceremonias nupciales, omitía los pasajes conminatorios del Credo atanasiano y entendía más decoroso rezar el padrenuestro dirigiéndose al Padre mediante el arcaizante pronombre «vos». Extensivo a todo el clan era el rechazo sistemático a las religiones incipientes y a la gente sin referencias. Institucionales hasta la médula, constituían el elemento conservador que sustenta a las sociedades emergentes como la flora marina sustenta la orilla del mar.

Comparados con los Ralston, incluso familias tan conservadoras como los Lovell, los Halsey o los Vandergrave podrían calificarse de atolondradas y derrochadoras, diríase casi que temerarias en sus impulsos y vacilaciones. El viejo John Frederick Ralston, robusto fundador de la dinastía, había percibido dicha diferencia en su naturaleza, y se la había hecho notar a su hijo Frederick

John, en quien había olfateado cierta propensión hacia lo azaroso y lo improductivo.

—Deja que los Lanning, los Dagonet y los Spender corran riesgos y suelten hilo a sus cometas. Les tira la sangre provinciana que llevan en las venas: nosotros no tenemos nada que ver con eso. Mira cómo se van quedando rezagados en todo… los varones, quiero decir. Si lo deseas, tus chicos pueden casarse con sus hijas (son bastante saludables y atractivas), aunque preferiría que mis nietos escogiesen a una Lovell o a una Vandergrave, o a alguien de nuestra clase. Pero no consientas que tus hijos anden en las nubes tras los pasos de esos jóvenes: en carreras de caballos, viajando al sur a los malditos Springs, jugando en los casinos de Nueva Orleáns y esas cosas. Así protegerás a la familia de molestos contratiempos, como siempre hemos venido haciendo nosotros.

Frederick John escuchó, obedeció, se casó con una Halsey y siguió sumisamente los pasos de su padre. Pertenecía a la prudente generación de caballeros neoyorquinos que veneraron a Hamilton y sirvieron a Jefferson, que soñaron con un trazado para Nueva York que lo asemejase a Washington, pero que terminaron diseñándolo como un tablero de ajedrez por miedo a que les tachase de «antidemocráticos» la misma gente a la que en su fuero interno menospreciaban. Mercantilistas hasta la médula, exponían en sus escaparates la mercancía de uso corriente, reservándose sus opiniones para la trastienda, donde gradualmente perdían entidad y color por falta de uso.

A la cuarta generación de Ralston apenas le quedaban convicciones, salvo un exacerbado sentido del honor para cuestiones privadas y comerciales. Cada día juzgaban a la comunidad y al Estado según lo hiciesen los diarios que, por supuesto, desdeñaban. Los Ralston contribuyeron escasamente a forjar el destino de su país, aunque ayudaron a sufragar la Causa en los tiempos en que hacerlo no resultaba arriesgado. Estaban relacionados con muchos de los prohombres que habían levantado la República, pero ningún Ralston se había comprometido hasta el extremo de asemejarse a ellos. Como decía John Frederick, era más seguro conformarse con el tres por ciento: el heroísmo era para ellos algo así como una variante de los juegos de azar. Y pese a todo, a fuerza de ser tan numerosos y semejantes entre sí, habían llegado a tener peso en la comunidad. A la hora de invocar un precedente, la gente mencionaba a «los Ralston». Con el tiempo tal atribución de autoridad había convencido a la tercera generación de su importancia colectiva, y la cuarta, a la cual pertenecía el marido de Delia Ralston, exhibía ya la desenvoltura y espontaneidad de las clases dominantes.

Dentro de los límites de su proverbial prudencia, los Ralston cumplían con sus obligaciones de acomodados ciudadanos respetables. Figuraban en los consejos de todas las obras caritativas tradicionales, contribuían generosamente a las instituciones florecientes, disponían de las mejores cocineras de Nueva York, y cuando viajaban al extranjero encargaban imaginería a escultores americanos establecidos en Roma cuya reputación estuviese previamente asentada. El primer Ralston que a su regreso trajo consigo una estatua fue tildado de excéntrico, pero en cuanto se supo que el escultor había realizado diversos trabajos para la aristocracia británica, la familia consideró que aquello también constituía una inversión al tres por ciento.

Dos matrimonios con las holandesas Vandergrave habían consolidado las virtudes de la frugalidad y de la buena vida, y el carácter Ralston, escrupulosamente fraguado, resultaba a esas alturas hasta tal punto congénito que en ocasiones Delia Ralston se preguntaba si, en caso de abandonar a su hijo pequeño en medio de la selva, no acabaría éste erigiendo allí un Nueva York a pequeña escala, arrogándose él mismo el poder de decisión en todas y cada una de las juntas directivas.

Delia Lovell se había casado con James Ralston a los veinte años. El casamiento, que tuvo lugar en el mes de septiembre de 1840, se había celebrado, siguiendo la tradición, en los salones de la residencia campestre de la novia, lo que actualmente es la esquina de la Avenida A con la calle 91, con vistas al Estrecho. Desde allí su esposo la había conducido (en el coche amarillo de la abuela Lovell con baldaquín de flecos), a través de barrios en expansión y amplias calles flanqueadas por olmos, hasta una de las nuevas casas de Gramercy Park, en pleno auge entre los pioneros de la nueva generación. Y allí mismo continuaba establecida a los veinticinco años, madre de dos niños, dueña de una generosa asignación para gastos y considerada, por consenso general, como la «joven matrona» (así las llamaban entonces) más distinguida y popular de su entorno.

En todo esto pensaba una tarde Delia, con serenidad y gratitud, en su bonito dormitorio de Gramercy Park. Aún estaba demasiado próxima a los primeros Ralston para poder juzgarlos con perspectiva, como tal vez hiciese algún día su hijo que era el siguiente en la línea sucesoria: ella vivía bajo el influjo Ralston con el automatismo de quien vive bajo las leyes de su país. Aun así, la vibración del teclado mudo, esa suspicacia extemporánea que esporádicamente cosquilleaba en su interior, la distanciaba en ocasiones de los Ralston lo suficiente como para que, durante un fugaz instante, fuese capaz de medirlos en relación con otras cosas. El momento era siempre pasajero; agitada y algo pálida regresaba enseguida de él para dedicarse a sus hijos, a sus tareas domésticas, a sus vestidos nuevos y a su entrañable Jim.

Pensó en él con una sonrisa afectuosa, recordando cómo le había dicho que no escatimase en gastos para su nuevo sombrero. Aunque tenía veinticinco años y había sido madre por segunda vez, su imagen era aún sorprendentemente juvenil. La exuberancia que por entonces era deseable en una joven esposa le ceñía la seda gris en torno al pecho, provocando que la pesada cadena de oro —prendida al broche esmaltado de San Pedro que cerraba su escote de encaje— colgase inestablemente en el vacío, sobre un estrecho talle recogido en un fajín de terciopelo. Pero los hombros que se perfilaban lozanos bajo el chal de cachemira, al igual que cada uno de sus gestos, eran los de una jovencita.

La señora de Jim Ralston examinó con aprobación el rostro ovalado de sonrosadas mejillas y mechones rubios que asomaba bajo el bonete para el cual, fiel a las instrucciones de su marido, no había escatimado. Se trataba de una capota de terciopelo blanco, atada con anchas cintas de satén y rematada en marabú de lentejuelas de cristal, un modelo encargado expresamente para la boda de su prima Charlotte Lovell que tendría lugar aquella misma semana en la Iglesia de San Marcos. Charlotte, al igual que Delia, había elegido un buen partido: se casaría con un Ralston, de la rama de Waverly Place, con quien todo sería más seguro, más prudente o más… normal. Delia no sabía cómo había acudido a su mente aquella palabra porque ni siquiera las más jóvenes del clan admitían en voz alta que «lo normal» era casarse con un Ralston. Sin embargo, la seguridad, la prudencia y las ventajas que proporcionaba dicho vínculo lo convertían en la clase de enlace que, íntima y gozosamente, anhelaba cualquier casadera de los mejores círculos.

Sí… ¿Y después, qué?

Bueno, pues… ¿qué significaba tal pregunta? Después, naturalmente, seguía la turbadora rendición a las incomprensibles exigencias del joven al que, como mucho, una habría ofrecido una sonrosada mejilla a cambio de un anillo de compromiso; la inmensa cama de matrimonio; el terror de verle afeitarse tranquilamente en mangas de camisa a través de la puerta entreabierta del vestidor; las evasivas, las insinuaciones, las sonrisas de sometimiento y las citas bíblicas de mamá; la evocación de la palabra «obediencia» en la beatífica bruma de la ceremonia nupcial; una semana o un mes de sonrojante congoja, aprensión y embarazoso placer; luego, la progresión de la costumbre, el insidioso arrullo de la rutina, la pareja yaciendo desvelada en el gran lecho blanco, las charlas o consultas a primera hora de la mañana a través de la misma puerta del vestidor que, semanas antes, pareciese la antesala a un foso incandescente a punto de abrasar la faz de la inocencia.

Y a continuación, los bebés; los bebés que se suponía que «lo compensaban todo», pero que resultaba no ser así… por más que fuesen criaturas entrañables. Una seguía sin saber exactamente qué se había perdido o qué era aquello que los hijos compensaban.

Sí: el destino de Charlotte sería idéntico al suyo. Joe Ralston se parecía tanto a su primo segundo, Jim (el James de Delia), que no veía razón para que la vida en la baja casa de ladrillo de Waverly Place no se pareciese mucho a la vida en la alta mansión de piedra oscura de Gramercy Park. Aunque el dormitorio de Charlotte seguramente no sería tan bonito como el suyo.

Contempló satisfecha el empapelado francés de la pared que imitaba muaré, sus cenefas en los bordes y las borlas en las juntas. La cama de caoba, cubierta con una colcha blanca bordada, se reflejaba simétricamente en el espejo del ropero a juego. Unas litografías en color de Las Cuatro Estaciones, de Leopold Robert, destacaban entre daguerrotipos de familia en abigarrados marcos dorados. El reloj, de bronce ormolú, representaba a una pastora sentada sobre un tronco caído, con una canasta de flores a sus pies. Un pastor se acercaba sigiloso a robarle un beso, mientras el perrito de la joven le ladraba desde un rosal. Se adivinaba la profesión de los amantes por los cayados y por las formas de los sombreros. Aquel frívolo marcador de tiempo había sido un regalo de boda de la tía de Delia, la señora Manson Mingott, una distinguida viuda que residía en París y que era recibida en las Tullerías. La señora Mingott se lo había encargado a su vez al joven Clement Spender, que había llegado de Italia para pasar unas breves vacaciones justo después del matrimonio de Delia; matrimonio que podría no haber tenido lugar si Clem Spender hubiese estado en condiciones de mantener a una esposa, o si hubiese consentido en cambiar Roma y la pintura por Nueva York y la abogacía. El joven (que ya entonces era excéntrico, foráneo y cáustico) le había asegurado con socarronería a la recién casada que el regalo de su tía era «lo último en el Palais Royal». La familia, que admiraba el gusto de la señora Manson Mingott pese a discrepar de su «exotismo», había criticado a Delia por colocar el reloj en su dormitorio en lugar de exponerlo sobre la chimenea del salón. Pero a ella le gustaba despertar por la mañana y ver al pícaro pastor robándose un beso.

Sin duda Charlotte no dispondría de un reloj tan lindo en su dormitorio, pero, por otra parte, ella tampoco estaba acostumbrada a las cosas bonitas. Su padre, fallecido a los treinta años de tuberculosis, había sido uno de los «Lovell pobres». Su viuda, abrumada con una joven prole y pasando apuros todos los meses del año, no había podido hacer mucho por su primogénita. Charlotte hizo su debut social con ropa arreglada de su madre y calzada con unas sandalias de satén heredadas de una difunta tía que antaño «había abierto un baile» con el General Washington. El anticuado mobiliario Ralston, que Delia ya se veía desterrando, le parecería suntuoso a Chatty. Probablemente también a ella le parecería algo frívolo el coqueto reloj francés de Delia, puede que ni siquiera digno de un parco «qué bonito». ¡La pobre Charlotte se había vuelto tan adusta, tan mojigata incluso, desde que había renunciado a los bailes y se dedicaba a visitar a los pobres! Delia recordaba con renovado asombro el abrupto cambio operado en ella: el momento en que la familia había vaticinado, en privado y por unanimidad, que irremediablemente

Charlotte iba a quedarse soltera.

No pensaron lo mismo cuando fue presentada en sociedad. Aunque su madre no pudo permitirse regalarle más que un vestido nuevo de tarlatana y pese a que casi toda su fisonomía era lamentable —desde el rojo demasiado brillante de sus cabellos hasta el marrón excesivamente pálido de sus ojos—, por no mencionar el arrebol de sus pómulos que sugería la impensable aplicación de maquillaje, redimían tales imperfecciones un talle esbelto, unos andares gráciles y una vivaz sonrisa. Por otra parte, cuando con motivo de una tarde de fiesta adecuados afeites y cepillados oscurecían su pelo, y este caía graciosamente a ambos lados de sus delicadas mejillas, entreverado con guirnaldas de camelias rojas y blancas, se sabía de varios jóvenes de buena posición (Joe Ralston entre ellos) que la habían encontrado atractiva.

Y entonces sobrevino lo de su enfermedad. Se enfrió en el transcurso de una fiesta, mientras paseaba en trineo a la luz de la luna, se acentuó el color de sus pómulos y empezó a toser. Corrió la voz de que «había cogido lo de su padre» y fue despachada sin demora a un remoto pueblo de Georgia, donde vivió sola durante un año en compañía de una vieja institutriz de la familia. A su regreso, todos percibieron un cambio en ella. Estaba pálida y más delgada que nunca, pero había una claridad exquisita en sus mejillas, tenía los ojos más oscuros y el cabello más rojo. Contribuían a su alterado aspecto unos toscos vestidos de corte cuáquero. Había renunciado a ornamentos y leontinas, llevaba siempre el mismo abrigo gris y un sombrerito ajustado y mostraba un repentino entusiasmo por asistir a los necesitados. Explicaba la familia que, durante su estancia en el sur, la había impresionado la fatal degradación de los «blancos pobres» y de sus hijos, y que aquella constatación de la miseria la incapacitaba para retomar la despreocupada vida de sus jóvenes amigas. Todos lo comprendieron, si bien unos y otros intercambiaron significativas miradas dando a entender que aquel estado mental tan poco natural «terminaría pasando». Entretanto, la anciana señora Lovell, la abuela de Chatty, que tal vez la comprendía mejor que nadie, le proporcionó algo de dinero para los pobres y le cedió un espacio en las caballerizas de los Lovell (en la trasera de la casa de la anciana en la calle Mercer) donde acogía, en lo que más tarde sería conocida como «guardería diurna», a algunos de los niños más necesitados del vecindario. Entre ellos estaba la pequeña cuyo origen había concitado tanta curiosidad dos o tres años antes, cuando una dama embozada con velo y elegante capa la había llevado al cuchitril de Cyrus Washington, el peón negro cuya esposa, Jessamine, se encargaba de la colada del doctor Lanskell. Presumiblemente, el doctor Lanskell, el médico con mejor reputación por entonces, estaba al tanto de las secretas historias de todas las familias desde Battery a Union Square, pero, pese al escrutinio al que le sometieron sus pacientes más inquisitivos, siempre declaró desconocer la identidad de la «dama embozada» de Jessamine. Tampoco aventuró conjetura alguna respecto a la procedencia del billete de cien dólares prendido al babero de la recién nacida.

Los cien dólares no se renovaron, la dama jamás reapareció, pero el bebé se crió saludable y feliz entre los pequeñuelos de Jessamine, y en cuanto empezó a dar sus primeros pasos la llevaron a la guardería de Chatty Lovell, donde se la veía (como al resto de sus desvalidos compañeros) con modesta ropita hecha de los vestidos viejos de Charlotte y con calcetines tejidos por sus infatigables manos. Delia, aunque absorbida por las tareas de sus propios bebés, se había dejado caer por la guardería en un par de ocasiones y había salido de allí deseando que Chatty pudiese dar rienda suelta a su instinto maternal mediante el cauce natural del matrimonio. Con cierta desazón, la prima casada sentía que el afecto por sus adorables hijos era un sentimiento tibio y frugal comparado con la feroz pasión de Chatty por los desamparados niños de las caballerizas de la Abuela Lovell.

Y de pronto, para sorpresa de todos, Charlotte Lovell se prometió con Joe Ralston. Era sabido que Joe la había «admirado» en el año de su debut. Era una grácil bailarina, y Joe, alto y ágil, se había compenetrado con ella en sucesivos reels y polcas. Para finales de invierno todas las casamenteras vaticinaban que algo saldría de aquello, pero cuando Delia sondeó a su prima, la evasiva respuesta de la joven y el rubor de su frente dieron a entender que el pretendiente había cambiado de idea, por lo que no procedía seguir hurgando. Ahora quedaba claro que, en efecto, había habido un romance entre ellos, seguido tal vez de aquel incidente, de aquel «malentendido». Pero finalmente todo estaba arreglado y las campanas de San Marcos estaban prestas para tañer por la felicidad de Charlotte. «¡Ah, cuando ella tenga su primer bebé!», coreaban todas las comadres Ralston.

—¡Chatty! —exclamó Delia, empujando hacia atrás su silla al ver por encima de su hombro la imagen de su prima reflejada en el espejo.

Charlotte Lovell se había detenido en el vano de la puerta:

—Me dijeron que estabas aquí… y he subido.

—Pues claro, querida. ¡Qué bien te sienta ese popelín! Siempre he dicho que te favorecen más las telas de calidad. Me alivia tanto verte con algo distinto a la cachemira gris… —Alzando las manos, Delia se quitó el sombrero blanco de su lustrosa cabeza, y lo agitó con suavidad para hacer titilar las lentejuelas—. Espero que te guste. Es para tu boda —rió.

Charlotte Lovell continuaba inmóvil. Vestida con el viejo popelín pardo de su madre, festoneado con nuevas y estrechas cintas de terciopelo granate, con su esclavina de armiño cruzada al pecho y su nuevo bonete de castor con plumas, ya había adquirido algo de la seguridad y majestad propia de las damas casadas.

—Y, ¿sabes?, decididamente tu pelo se ha vuelto más oscuro, querida —añadió Delia, inspeccionándola con un atisbo de esperanza.

—¿Más oscuro? Está gris —dijo de repente Charlotte con su voz grave. Echó hacia atrás una de las sedosas cintas que enmarcaban su rostro y le mostró un mechón de la sien—. Puedes ahorrarte ese sombrero, no voy a casarme —añadió con una deslumbrante y fugaz sonrisa de pequeños dientes blancos.

Delia reunió el aplomo suficiente para soltar el sombrero, con el marabú hacia arriba, antes de acercarse solícita a su prima.

—¿Que no vas a casarte? Charlotte, ¿es que te has vuelto loca?

—¿Por qué habría de ser una locura hacer lo que considero correcto?

—Pero si la gente decía que ibas a casarte con él el año de tu debut. Y nadie entendió lo que sucedió después. Y ahora… ¿cómo puede ser esto? ¡No puedes dejar de casarte! ¡De ninguna manera! —dijo Delia alzando la voz de forma algo inapropiada.

—Uf, la gente —comentó Charlotte en tono hastiado.

Su prima casada la miró estupefacta. Había en su voz algo estremecedor que Delia no había percibido antes en ella ni en ningún otro ser humano. Su eco provocó que se tambalease el familiar mundo de ambas, y la alfombra Axminster osciló bajo las vacilantes chinelas de Delia.

Charlotte Lovell continuaba mirando al infinito con los párpados tensos. Delia advirtió en el marrón pálido de sus ojos las motas verdes que flotaban en ellos cuando la joven estaba irritada o nerviosa.

—Charlotte… ¿De dónde demonios vienes? —preguntó atrayendo a su prima hasta el sofá.

—¿De dónde vengo?

—Sí. Parece que hubieses visto un fantasma… O, más bien, una legión de fantasmas.

La misma sonrisa renuente curvó los labios de Charlotte:

—Vengo de ver a Joe —dijo.

—¿Y bien? Oh, Chatty —exclamó Delia, con una súbita corazonada—, ¿no querrás decir que vas a permitir que algo en el pasado de Joe…? No es que yo haya oído nada al respecto. Jamás. Pero aunque lo hubiese… —Inspiró profundamente y con coraje se puso en lo peor—. Incluso si has oído decir que ha sido… Que ha tenido un hijo… Indudablemente se habría ocupado de él antes de…

La joven negó con la cabeza:

—Ya sé lo que quieres decir, no sigas. Los hombres son hombres. Pero no se trata de eso.

—Pues dime qué es.

Charlotte paseó la mirada por la habitación soleada y lujosa como si se tratase de una postal de su propio mundo y como si este mundo fuese una prisión de la que tuviese que escapar. Bajó la cabeza:

—Quiero… huir —declaró con voz entrecortada.

—¿Huir? ¿De Joe?

—De sus ideas… De las ideas Ralston.

Delia se soliviantó ligeramente… Después de todo, ¡ella era una Ralston!

—¿De las ideas Ralston? Para mí no ha sido tan… insufrible vivir con ellas —repuso con una sonrisa algo desabrida.

—No, pero contigo fue diferente. A ti no te pidieron que renunciases a nada.

—¿Renunciar a qué? —¿Acaso tenía la pobre Charlotte (se preguntaba Delia) algo a lo que renunciar? Siempre había estado más en situación de recibir que de desprenderse de cosas—. Querida, ¿me lo puedes explicar? —la urgió Delia.

—A mis pobres niños… Dice que debo renunciar a ellos —exclamó la joven en un compungido susurro.

—¿Renunciar a ellos? ¿Renunciar a ayudarles?

—A verlos… a cuidar de ellos. Renunciar por completo. Hizo que su madre me lo explicase. Una vez que… tengamos hijos…, temen que… puedan contraer alguna cosa… Piensa darme dinero, desde luego, para pagarle a alguien que se encargue de ellos y que les cuide. Cree que ése es un buen gesto por su parte. —Charlotte rompió a llorar. Se quitó el bonete y ahogó su afligido llanto en los cojines.

Delia se sentó perpleja. De entre todas las imprevisibles complicaciones, aquélla era probablemente la que menos había imaginado. Y tanto pesaba en ella lo adquirido de los Ralston por su matrimonio que no pudo evitar comprender las objeciones de Joe. Casi podría decirse que las compartía plenamente. Nadie en Nueva York había podido olvidar la muerte del único hijo del pobre Henry van der Luyden, que había contraído la viruela en el circo al que su irresponsable niñera le había llevado sin autorización. Tras una experiencia semejante, los padres justificaban cualquier precaución contra el contagio. Y la pobre gente era tan ignorante y despreocupada que sus hijos estaban perennemente expuestos a cualquier infección. No, verdaderamente Joe tenía razón y Charlotte daba muestras de una ofuscación casi obsesiva. Pero no serviría de nada hacérselo ver ahora. Instintivamente, Delia optó por contemporizar.

—Bueno, después de todo —susurró al postrado oído de su prima—, es solo hasta que tengas hijos… y puede que no tengas ninguno… durante un tiempo.

—Oh, sí, ya lo creo que los tendré. —Fue la angustiada respuesta que emergió de los cojines.

Delia sonrió con suficiencia matriarcal:

—Chatty, querida, en verdad no sé cómo podrías saberlo. Tú no entiendes de esas cosas.

Charlotte Lovell se enderezó. Se le había desatado del cuello la lazada de encaje de Bruselas, y los cabos caían sueltos sobre su arrugado corpiño; el mechón blanco resaltaba tristemente entre su cabello revuelto. Las diminutas pecas verdes de sus pálidos ojos marrones flotaban como hojuelas sobre un estanque de truchas.

«Pobrecilla —pensó Delia—. ¡Qué fea y avejentada se la ve! Tiene más aspecto de solterona que nunca, y no parece percatarse de que jamás tendrá otra oportunidad como ésta».

—Debes intentar ser razonable, Chatty querida. Después de todo, los hijos de una son lo primero.

—Precisamente por eso. —La joven la agarró violentamente de las muñecas—. ¿Cómo voy a renunciar a mi bebé?

—Tu… tu. —De nuevo el mundo de Delia empezó a oscilar bajo sus pies —. ¿A cuál de esos pobres niños huérfanos llamas tu bebé? —le preguntó armándose de paciencia.

Charlotte la miró fijamente a los ojos:

—Llamo bebé a mi propio bebé.

—¿Tu…? ¡Ten cuidado… que me haces daño en las muñecas, Chatty! — Delia se liberó con una sonrisa forzada—. ¿Tu…?

—Mi pequeña. La que Jessamine y Cyrus…

—Oh… —acertó a decir Delia Ralston sin aliento.

Ambas primas se sentaron en silencio una frente a otra, pero Delia desvió la mirada. Pensó con aversión que esa clase de cosas, si no había más remedio que hablar de ellas, no deberían ser tratadas en su alcoba, tan cerca del candoroso cuarto infantil que se encontraba al otro lado del corredor. Con gesto mecánico alisó el plisado de su falda de seda, achancado por el abrazo de su prima. Reencontró los ojos de Charlotte y los suyos se fundieron de ternura.

—¡Oh, pobre Chatty…! ¡Mi pobre Chatty! —exclamó acogiendo a su prima estrechamente entre sus brazos.

CAPÍTULO 2

El pastor continuaba robando un beso a la zagala y el reloj del tronco derribado seguía marcando los minutos.

Delia, petrificada, permanecía sentada y ajena a la actividad de estos, abrazada aún a su prima. La embargaban el horror y la sorpresa de saber que su sangre corría por las venas de la huerfanita anónima, del «bebé de los cien dólares» sobre el que tanto se había bromeado y especulado en Nueva York. Aquél era su primer contacto con el reverso de la apacible superficie social, y le produjo náuseas pensar que tales cosas pudieran existir y que ella, Delia Ralston, estuviese oyendo hablar de ellas en su propia casa. ¡Y de labios de la víctima! Porque, indudablemente, Chatty era una víctima… Pero ¿de quién? Ella no había pronunciado nombre alguno y Delia era incapaz de preguntar: el horror sellaba su boca. Su memoria había retrocedido rápidamente al pasado de Chatty, pero no vislumbró en él ninguna figura masculina a excepción de Joe Ralston. Y era impensable relacionar a Joe con aquel episodio. ¿Tal vez alguien del sur… entonces? Pero no, Charlotte estaba enferma cuando se marchó… En un abrir y cerrar de ojos adivinó Delia la naturaleza de la enfermedad y de la desaparición de la joven. Pero su mente rehuía tales especulaciones e, instintivamente, retornaba a cualquier cosa a la que aún pudiera aferrarse: a la actitud de Joe Ralston respecto a los huérfanos de Chatty. Naturalmente no podía consentir que su esposa se arriesgase a traer a su hogar enfermedades contagiosas… Aquél sí era un argumento inofensivo para Delia. Su Jim habría reaccionado de la misma forma, y desde luego ella le habría secundado.

Su mirada volvió a posarse en el reloj. Siempre que contemplaba el reloj se acordaba de Clem Spender y, de repente, se preguntó qué habría dicho él si las cosas hubiesen sido distintas y ella le hubiese planteado lo que Charlotte le había planteado a Joe. No era fácil de imaginar. Pese a ello, tras un momentáneo reajuste mental, Delia logró verse como la esposa de Clem, a sus hijos como los hijos de él y se imaginó rogándole que le permitiese seguir cuidando de los pobres huérfanos de Mercer Street. Oyó su risa con nitidez, así como su instantánea respuesta: «¿Para qué me preguntas, tontita? ¿Acaso me tomas por un fariseo?».

Sí, así era Clem Spender en todos los aspectos: indulgente, espontáneo, indiferente a las consecuencias, actuando con la mejor intención en cada momento, y dejando demasiadas veces que los demás pagasen los platos rotos. «Hay algo innoble en Clem», había sentenciado Jim en cierta ocasión.

Delia Ralston se acercó a su prima y la estrechó con más fuerza: «Cuéntame, Chatty», susurró.

—No hay nada que contar.

—Quiero decir sobre ti… Sobre esto… —Aún resonaba en sus oídos la voz de Clem Spender—. Te enamoraste de alguien —dijo con un quiebro de voz.

—Sí, pero eso se acabó. Ahora es la niña lo que cuenta. Y podría llegar a amar a Joe… de un modo distinto. —Chatty Lovell se enderezó, pálida y ceñuda—. Necesito dinero… Tengo que obtenerlo para mi niña, de lo contrario la enviarán a alguna institución. —Hizo una pausa—. Pero eso no es todo. Quiero casarme…, convertirme en una esposa, como todas vosotras. Amaría a los hijos de Joe… A nuestros hijos. La vida no se detiene…

—No, supongo que no. Pero hablas como si… como si… la persona que se aprovechó de ti…

—Nadie se aprovechó de mí. Me sentía sola y desdichada. Conocí a alguien que se sentía igualmente solo y desdichado. No todo el mundo tiene la suerte que tú has tenido. Ambos éramos demasiado pobres para casarnos… y mi madre nunca lo habría consentido. Y entonces un día… un día antes de despedirse…

—¿De despedirse?

—Sí, se marchaba del país.

—¿Se marchaba del país… sabiéndolo?

—¿Cómo iba a saberlo? No vive aquí. Había regresado solo… durante unas semanas… para ver a su familia —confesó al fin, juntando sus finos labios como para preservar el secreto.

Se produjo un silencio. Delia observaba distraídamente al descarado pastor.

—¿De dónde había regresado? —preguntó finalmente con voz desmayada.

—Oh, ¿qué importa eso? No lo entenderías —replicó Charlotte, usando las mismas palabras condescendientes que su prima había empleado para referirse a su virginidad.

Un creciente rubor ascendió hasta las mejillas de Delia: inexplicablemente la humillaba el reproche implícito en aquella despectiva respuesta. Se sintió apocada, inútil, una ignorante jovenzuela incapaz de encarar las abominaciones de las que Charlotte la estaba haciendo partícipe. Pero, de súbito, una poderosa intuición femenina que había estado pugnando en su interior disipó su retraimiento. Se obligó a mirar a su prima a los ojos.

—¿No vas a decirme quién fue?

—¿Para qué? No se lo he dicho a nadie.

—Entonces, ¿para qué has acudido a mí?

El rígido semblante de Charlotte cedió al llanto:

—Por mi niña… por mi niña…

Delia no se dejó amilanar.

—¿Cómo voy a ayudarte si no lo sé? —insistió en tono severo y desabrido: tan violentamente le latía el corazón que sentía como si unas manos atenazaran su garganta.

Charlotte seguía sin responder.

—¿De dónde había regresado? —repitió Delia pacientemente.

La joven, alzando los brazos para ocultar sus ojos, dejó escapar un prolongado gemido:

—Él siempre pensó que le esperarías… —dijo entre sollozos—, y más tarde, cuando descubrió que no había sido así y que te ibas a casar con Jim… Se enteró justo antes de embarcar. No lo supo hasta que la señora Mingott le pidió que a su regreso te trajera el reloj para tu boda…

—Basta… basta —la increpó Delia, poniéndose bruscamente en pie. Había forzado la confesión y ahora que se producía tenía la sensación de estar siendo importunada gratuita e indecorosamente. ¿Era esto Nueva York, su Nueva York, su Nueva York flemáticamente hipócrita? ¿Era ésta la casa de James Ralston y era su esposa quién estaba escuchando aquellas impúdicas revelaciones?

Charlotte, a su vez, se levantó:

—¡Lo sabía, lo sabía! Ahora te has indispuesto contra mi niña. Oh, ¿por qué me has obligado a decírtelo? Sabía que no lo entenderías. Siempre estuve enamorada de él, desde mi presentación en sociedad, por eso no me prometía con ningún otro. Pero sabía que no tenía esperanzas… Nunca tuvo ojos para nadie que no fueses tú. Y después, cuando regresó al cabo de cuatro años y ya no estabas tú por medio, empezó a fijarse en mí, a ser amable conmigo, a hablarme de su vida y de su pintura… —Respiró hondo y se aclaró la voz—. Aquello se terminó. Completamente. Es como si no pudiese amarle ni odiarle. Ahora solo está la niña… Mi niña. Él ni siquiera sabe de su existencia… ¿Para qué? No es asunto suyo. No es asunto de nadie más que de mí. Pero como comprenderás no puedo renunciar a mi hija.

Delia Ralston permanecía muda, con la mirada apartada de su prima, presa de un horror creciente. Había perdido el sentido de la realidad, la sensación de seguridad y de confianza en sí misma. Contuvo el impulso de taparse los oídos para no escuchar las súplicas de la otra, al igual que un niño entierra la cabeza en la almohada para disipar los terrores nocturnos. Finalmente se recompuso y habló con labios resecos.

—Pero ¿qué piensas hacer? ¿Por qué has acudido a mí? ¿Por qué me has contado todo esto?

—¡Porque él te amaba a ti! —balbuceó Charlotte. Ambas mujeres permanecieron de frente, mirándose entre sí con detenimiento.

Lentamente las lágrimas afluyeron a los ojos de Delia y rodaron por sus mejillas, humedeciendo sus labios secos. A través de las lágrimas vio el estragado semblante de su prima oscilar y desdibujarse como el rostro de un ahogado bajo el agua. De las insondables profundidades de Delia emergían cosas a medio adivinar, presentidas de forma imprecisa. Era como si, durante unos instantes, esta otra mujer estuviese relatándole su propio pasado secreto, traduciendo en crudas palabras los trémulos silencios de su corazón.

Lo peor de todo era, como bien había dicho Charlotte, que había que actuar pronto. No había un solo día que perder. Chatty tenía razón: era imposible casarse con Joe si ello suponía renunciar a su hija. Y, en cualquier caso, ¿cómo iba a casarse con él sin contarle la verdad? Por otra parte, ¿cabía pensar que no la repudiaría una vez que se hubiese enterado? Las dudas se agolpaban vertiginosamente en el cerebro de Delia y, al trasluz de ellas, centelleaba la persistente visión de la niña —la hija de Clem Spender— criada por caridad en un cuchitril de negros, o hacinada en uno de esos focos de enfermedades denominados hospicios. No: la niña era lo primero, lo sentía en cada fibra de su cuerpo. Pero ¿qué podía hacer ella?, ¿a quién pedir consejo?, ¿qué sugerirle a aquella desdichada criatura que había acudido a ella en nombre de Clem? Delia miró a su alrededor con desesperación, y luego se volvió hacia su prima.

—Tienes que darme tiempo. Debo pensar. No deberías casarte con él… Pese a que están listos todos los preparativos. En cuanto a los regalos de boda… Habría un escándalo… La abuela Lovell se morirá del disgusto…

Charlotte respondió en voz queda:

—No hay tiempo. Tengo que decidirme ahora.

Delia se llevó la mano al pecho:

—Te digo que necesito pensar. Mejor vete a casa… o no, quédate aquí: tu madre no debe verte con los ojos así. Jim no llegará hasta tarde. Puedes esperarme en esta habitación hasta que vuelva. —Había abierto el ropero para coger un discreto sombrero y un velo.

—¿Pretendes que me quede aquí? Pero ¿adónde vas?

—No lo sé. Quiero caminar, tomar el aire. Creo que necesito estar sola. —Delia desdobló nerviosa su chal estampado, se ajustó el sombrero y el velo, e introdujo sus manos enguantadas en su manguito. Charlotte, inmóvil, la observaba abstraída desde el sofá.

—Tú espera aquí —insistió Delia desde el umbral.

—Sí, esperaré.

Delia cerró la puerta y corrió escaleras abajo.

CAPÍTULO 3

Delia decía la verdad al declarar que no sabía adónde iba. Simplemente quería escapar de la insoportable expresión de Charlotte, de la sofocante atmósfera de su tragedia. Fuera, al aire libre, acaso fuese más fácil pensar.

Al bordear la verja del parque vislumbró a sus sonrosados niños jugando, bajo la atenta vigilancia de la niñera, con la feliz progenie de otros residentes del parque. La niña llevaba puesta su nueva capota escocesa de terciopelo y una esclavina blanca, y el chico una gorra estilo Highland y una ajustada chaqueta de lana. ¡Qué guapos y contentos se les veía! La niñera la miró, pero ella negó con la cabeza, saludó al grupo con la mano y apresuró el paso.

Caminó largo tiempo por las conocidas calles bañadas de un brillante sol invernal. Era primera hora de la tarde y los hombres acababan de regresar a sus oficinas. Había escasos transeúntes en Irving Place y Union Square. Delia cruzó la plaza en dirección a Broadway.

La mansión Lovell de la calle Mercer era una residencia de ladrillo maciza y vetusta. Contaba con una amplia caballeriza adosada que daba a un callejón de esos que Delia había oído designar como «pasaje» durante su viaje de luna de miel a Londres. Giró en el callejón, se adentró en el patio de las caballerizas y empujó una puerta. En una deslucida habitación de paredes encaladas, una docena de niños se entretenía con juguetes desportillados en torno a una estufa. La mujer irlandesa al cargo de ellos estaba confeccionando pequeñas prendas en una desvencijada mesa con las patas rotas. Se volvió hacia ella con un gesto cordial, reconociendo en Delia a la dama que había ido por allí un par de veces a ver a los niños acompañada de la señorita Charlotte.

Delia se quedó parada en la puerta, indecisa.

—He… he venido a preguntarle si necesita juguetes nuevos —farfulló.

—Pues sí, señora, y muchas otras cosas también, aunque la señorita Charlotte me dice que no pida a las señoras que vienen a ver a nuestros pequeñuelos.

—Oh, a mí sí puede pedirme, Bridget —repuso la señora Ralston sonriendo—. Permítame ver a los niños… Hace tanto que no vengo por aquí.

Los chiquillos habían dejado de jugar y, apiñados en torno a su niñera, contemplaban boquiabiertos a la elegante señora de ropa almidonada. Una niñita de ojos pardos y arreboladas mejillas llevaba un sencillo vestido de alpaca escocesa ribeteado con botones imitando corales que Delia recordaba bien. Aquellos botones habían pertenecido al «vestido de gala» de Charlotte el año de su debut social. Delia permaneció inmóvil estudiando a la niña. Su cabello era rizado y castaño, del mismo tono que sus ojos (¡gracias a Dios!). Pero en su mirada diáfana flotaban las mismas lentejuelillas verdes. Delia se sentó y la pequeña, de pie junto a su rodilla, se puso a juguetear con gesto serio con su leontina.

—Oh, señora… le va a manchar las enaguas con sus zapatos. Aquí el suelo no está demasiado limpio que digamos.

Delia negó con la cabeza y estrechó a la niña contra su pecho. Se olvidó de los demás chiquillos y de su cuidadora. La criatura que estaba sentada en su rodilla estaba hecha de una pasta distinta: ni la alpaca escocesa ni los botones de coral habrían hecho falta para diferenciarla del resto. Sus rizos castaños sobresalían de su despejada frente, exactamente como los de Clem Spender. Delia puso su encendida mejilla contra la frente de la pequeña.

—Chiquitina, ¿quieres mi bonita cadena amarilla?

La chiquitina la quería.

Delia se desabrochó la cadena y se la colgó a la pequeña del cuello. Los otros críos aplaudieron y gorjearon, pero la niña se limitó a sonreír tímidamente exhibiendo un par de hoyuelos y siguió acariciando los eslabones en silencio.

—Oh, señora, no puede usted darle esa cadena tan fina a Tinita. Cuando tenga que volver con esos negros…

—¿Cómo se llama la niña?

—La llaman Tina, creo. No parece para nada un nombre cristiano.

Delia no respondió.

—Yo digo que tiene siempre las mejillas demasiado coloradas y que tose demasiado. Pilla un catarro tras otro. Anda, Tinita, deja que se marche la señora.

Delia se puso en pie, desprendiendo los tiernos bracitos.

—No quiere separarse de usted, señora. La señorita Chatty no ha estado hoy aquí y la pobrecilla está un poco sola sin ella. No juega como los demás niños; a ver Teeny, mira qué bonita cadena tienes… A ver… Venga…

—Adiós, Clementina —susurró Delia de forma inaudible. Besó los pálidos ojos marrones, la rizada coronilla y se echó el velo sobre las incipientes lágrimas. Ya en el patio de las caballerizas se las enjugó en un pañuelo bordado y permaneció unos segundos parada e indecisa. A continuación, se encaminó a casa con paso resuelto.

La casa estaba como la había dejado, solo que los niños ya habían entrado. Los oyó corretear por el cuarto de juegos y atravesó el vestíbulo hacia su dormitorio. Charlotte Lovell estaba sentada en el sofá, enhiesta y rígida, tal cual la había dejado Delia.

—Chatty… Chatty, ya he pensado en una solución. Pase lo que pase, la niña no se quedará con esa gente. Se quedará conmigo.

Charlotte se levantó, imponente y lívida. Tanto se oscurecieron sus ojos en su rostro demacrado que parecían las espectrales órbitas de una calavera. Abrió los labios para hablar, y luego, sacando bruscamente su pañuelo, lo presionó contra su boca y volvió a sentarse. Unas gotitas rojas cayeron del pañuelo sobre la falda de popelina.

—¡Charlotte, Charlotte! —exclamó Delia, arrodillándose junto a su prima. Charlotte reclinó la cabeza sobre los cojines y el goteo se detuvo. Cerró los ojos, y Delia, cogiendo un frasco de sales del tocador, se lo acercó a la nariz congestionada. Un aromático olor acre invadió la estancia.

Charlotte abrió los párpados.

—No te asustes. Todavía esputo sangre de vez en cuando… No muy a menudo. Mi pulmón casi está curado. Debe ser por el miedo que siento.

—No, no. Ya no vas a sentir más miedo. Te digo que he dado con la solución. Jim me permitirá acoger a la niña.

La joven se enderezó desolada:

—¿Jim? ¿Se lo has dicho? ¿Es con él con quién has estado?

—No, querida. Solo he ido a ver a la niña.

—Oh —sollozó Charlotte, recostándose de nuevo. Delia sacó su propio pañuelo y enjugó las lágrimas que rodaban por las mejillas de su prima.

—No llores, Chatty. Debes ser valiente. La hijita tuya y de él… ¿Cómo pudiste pensarlo? Pero tienes que darme tiempo. Tengo que arreglarlo a mi manera. Tú solo confía en mí.

Charlotte dijo con voz entrecortada:

—Las lágrimas… No me las seques, Delia, me gusta sentirlas…

Ambas continuaron entrelazadas sin hablar. El sonido del reloj de bronce midió aquella muda comunión en minutos, cuartos, media hora y finalmente una hora. El día declinaba y estaba oscureciendo. Las sombras avanzaban sobre las grecas de la alfombra Axminster y sobre la amplia cama blanca. Llamaron a la puerta.

—Los niños esperan para rezar sus oraciones antes de la cena, señora.

—Sí, Eliza. Que las recen contigo. Yo iré más tarde.

Mientras se alejaban los pasos de la niñera, Charlotte Lovell se deshizo del abrazo de Delia:

—Ahora puedo marcharme —dijo.

—¿No estás demasiado débil, querida? Puedo llamar un coche para que te lleve a casa.

—No, no, alarmaría a mamá. Y me hará bien dar un paseo en la oscuridad. Ha habido momentos en los que el mundo me parecía una implacable luz cegadora. Hubo días en que pensé que el sol no iba a ponerse nunca. Y después llegaba la luna, por la noche. —Puso sus manos sobre los hombros de su prima—. Ahora todo es distinto. Pronto dejará de molestarme la luz.

Las dos mujeres se besaron y Delia susurró:

—Mañana.

CAPÍTULO 4

Los Ralston eran reacios a abandonar viejos hábitos, pero una vez adoptaban uno no concebían que el resto no hiciese lo propio sin dilación.

Cuando Delia, que procedía de los Lovell menos estrictos y cuyo carácter tendía a lo novedoso, le propuso por primera vez a su marido cambiar la comida principal del día a las seis en lugar de a las dos, la expresión de éste, jovial y dúctil, adquirió la ferocidad del Ralston fundacional en su adusto retrato colonial. Sin embargo, al cabo de dos días de resistencia aceptó la idea de su esposa, y ahora sonreía con desdén ante la obcecación de quienes persistían en el indigesto almuerzo al mediodía seguido de una opípara merienda.

—Nada me molesta más que la estrechez de miras. Por mí, cada cual puede comer a la hora que se le antoje; es la estrechez de miras lo que me saca de quicio.

Delia pensaba en ello sentada en el salón (su madre se referiría a él como sala de estar), mientras aguardaba el regreso de su marido. Apenas había tenido el tiempo justo de acicalar sus sedosas trenzas y de ponerse el vestido favorito de Jim, un muaré de rayas blancas y negras ribeteado en color cereza. El salón, con sus cortinas de encaje Nottingham recogidas bajo repujadas galerías doradas, su mesa de centro de mármol sobre pedestal de palisandro tallado, y sus antiguos sillones de caoba tapizados en moderna seda adamascada francesa en atrevido verde manzana, era digno de enorgullecer a cualquier joven esposa. Las estanterías de madera a ambos lados de las puertas correderas que daban al comedor estaban adornadas con caracolas tropicales, jarrones de feldespato, una réplica en alabastro de la Torre Inclinada de Pisa, un par de obeliscos realizados con trozos de pórfido y serpentina que la joven pareja había adquirido en el Foro Romano, un busto de Clitia en nívea biscuit de Sèvres, y cuatro figuras antiguas en porcelana de Chelsea representando las estaciones del año que hubieron de ser admitidas entre las piezas más recientes por haber pertenecido a la bisabuela Ralston. De la pared colgaban grandes y sombríos aguafuertes de El viaje de la vida, de Cole, y entre los ventanales se erguía una estatua a tamaño natural de la Doncella cautiva, realizada para el padre de Jim Ralston por la afamada Harriet Hosmer, inmortalizada en la novela de Hawthorne El fauno de mármol. Sobre la mesa descansaban ediciones, primorosamente encuadernadas, de los Ríos de Francia, de Turner, del Culprit Fay, de Drake, de los cuentos de Crabbe y del Book of Beauty, con retratos de las nobles británicas que habían participado en el torneo del conde de Eglington. Sentada ante el fuego de antracita que ardía en la chimenea semicircular de mármol negro, con la caja de labores de madera a un lado y una de las nuevas lámparas francesas arrojando una cálida luz sobre la mesa de centro a través de su pantalla orlada de caireles, Delia se preguntaba cómo en tan breve tiempo había podido desviarse de aquel modo de su habitual órbita de ideas y convicciones, cómo había podido trasponer, como no lo había hecho anteriormente, los límites de los Ralston. Estos volvían a asediarla ahora, como si incluso la escayola decorativa del techo, las siluetas del mobiliario y el corte de su vestido hubiesen sido diseñados según la medida de los prejuicios de los Ralston, convertidos en pedernal por el mero roce de los mismos.

Debía de estar loca para implicarse con Charlotte hasta ese punto. Pero, por más vueltas que le daba al asunto, no encontraba otra alternativa. De alguna manera, le había tocado a ella salvar a la niña de Clem Spender.

Oyó el sonido de unas llaves en la cerradura (nunca antes le había latido tanto el corazón al escuchar aquel ruido) y el de una chistera depositada sobre la consola del vestíbulo... ¿o eran dos chisteras? Se abrió la puerta del salón dando paso a dos jóvenes de buena planta y vestidos con elegancia: dos Jim Ralston, por así decirlo. Delia no se había percatado anteriormente del enorme parecido entre su esposo y su primo. Por algún motivo, siempre que pensaba en los Ralston lo hacía en plural.

Delia no habría sido joven e ingenua, amén de esposa feliz, si no considerase a Joe como una copia imperfecta de su Jim. No obstante, pese a los defectos de la reproducción, se imponía una sorprendente semejanza entre sus dos atléticas figuras, sus rostros enjutos y joviales de narices rectas, las barbas recortadas, las cejas bien perfiladas, los cándidos ojos azules y las dulces sonrisas de autocomplacencia. La única diferencia era que, en aquel preciso momento, Joe parecía Jim con dolor de muelas.

—Mira, querida, aquí te traigo a un joven deseoso de compartir nuestra mesa. —Jim sonrió con la seguridad del esposo bien atendido y seguro de poder llevar a un amigo a casa cuando quisiera.

—¡Qué amable de tu parte, Joe!

—¿Crees que serán de su agrado una crema de ostras y un pavo relleno? —le preguntó Delia a su marido con una sonrisa radiante.

—¡Lo sabía! ¡Te lo dije, amigo mío! Joe venía advirtiéndome que no te sentaría bien..., que te pondría en un compromiso. Espera a estar casado, Joseph Ralston. —Jim palmeó cordialmente el hombro verde botella de su primo y Joe hizo una mueca como si se hubiese mordido.

—Es demasiado amable de tu parte aceptarme esta noche en tu casa, prima Delia. La verdad es que...

—¡Primero la cena, chico, si no te importa! Una botella de borgoña disipará las penas. Coge a tu prima del brazo, por favor. Me encargaré de que traigan el vino.

Crema de ostras, lubina a la plancha, pavo relleno, buñuelos de manzana y pimientos verdes, seguido de las famosas natillas de caramelo de la abuela Ralston. Pese a su tribulación, Delia no pudo dejar de sentir cierto orgullo furtivo por aquel éxito. Confirmaría el rumor de que Jim Ralston siempre podía llevar a alguien a cenar a casa sin previo aviso. Los vinos Ralston y Lovell pusieron la guinda a la velada e incluso la expresión taciturna de Joe se suavizó cuando el madeira de los Lovell empezó a surtir efecto. Delia advirtió el cambio en cuanto ambos caballeros se reunieron de nuevo con ella en el salón.

—Y ahora, amigo mío, será mejor que se lo cuentes todo a ella —sugirió Jim mientras le acercaba un sillón a su primo.

La joven, inclinada sobre su labor, escuchaba con la mirada baja y las mejillas encendidas. Su estatus de mujer casada y madre le permitiría hablarle a Joe con franqueza: su marido la había autorizado a hacerlo.

—Oh, venga, adelante —le instó desde la chimenea un Jim exultante tras la deliciosa cena.

Delia escuchaba y analizaba, dejando que el novio divagara torpemente en su embarazoso discurso. Su aguja pendía del bastidor como una espada de Damocles. Pronto advirtió que Joe confiaba plenamente en que ella lograría convencer a Charlotte para que aceptase el punto de vista de su futuro esposo. Sin embargo, estaba muy enamorado y Delia comprendió que una palabra de ella bastaría para hacerle claudicar, para que Charlotte consiguiera su propósito: salvar a la niña y casarse.

¡Qué fácil era, después de todo! Un cálido recibimiento, una abundante cena, un buen vino y la evocación de los ojos de Charlotte, mucho más vivaces por todo lo que habían tenido que ver últimamente. Una envidia subrepticia embargó a la esposa que había sido privada de tales conocimientos.

¡Qué sencillo resultaba…, pero las cosas no podían ser así de simples! Pasara lo que pasara, no podía consentir que Charlotte Lovell se casara con Joe Ralston. La larga tradición de honor y probidad en la que Delia había sido educada le impedía confabular en semejante plan. Se sentía capaz de concebir —ya lo había hecho— medidas descabelladas, astutas e improvisados desacatos a las normas, sutiles rebeliones contra la insensibilidad del convencionalismo social. Pero jamás podría contribuir a un engaño. La idea de que Charlotte se casara con Joe Ralston —el primo de su Jim— sin confesarle su pasado le parecía tan infame a Delia como se lo habría parecido a cualquier Ralston. Y contarle la verdad desharía el matrimonio de un plumazo. La propia Chatty era consciente de ello. La tolerancia social no medía a hombres y mujeres por el mismo rasero, y ni Delia ni Charlotte se habían preguntado jamás el motivo: como la mayoría de las jóvenes de su clase, se limitaban a ceder ante lo ineluctable.

No, no había forma de escapar del dilema. La misma certeza que había llevado a Delia a asumir el deber de salvar a la hija de Clem Spender, la abocaba ahora a sacrificar a su amante. Mientras la idea le rondaba dolorosamente en la cabeza recordó el esperanzado gemido de Charlotte: «Quiero casarme, como todas vosotras». Se le encogió el corazón, pero no había vuelta atrás.

—Me hago cargo —continuaba Joe en tono monocorde— del desconocimiento y de la inexperiencia de mi prometida, de su adorable candor. ¿Cómo podría desear un hombre que su esposa fuese… fuese de otra manera? ¿Estás de acuerdo, Jim? ¿Y tú, Delia? Entendedme, le he dicho que, aparte de su asignación personal, dispondrá siempre de una pequeña suma para sus desdichados niños. Puede contar con eso sin la menor duda. ¡Por Dios, incluso estoy dispuesto a firmar un documento, un acuerdo notarial si ella me lo pide! Admiro y aprecio su altruismo. Pero, Delia, te lo pregunto a ti como madre, por favor, dame tu opinión con toda franqueza. Si crees que puedo transigir un poco, permitir que continúe atendiendo personalmente a esos niños hasta que… hasta que… —un acceso de orgullo iluminó las sienes del potencial padre— hasta que la reclamen tareas más apremiantes, bueno, yo estoy completamente dispuesto a eso… si tú se lo quisieras hacer ver. Me comprometo —proclamó Joe, súbitamente animado ante la perspectiva de una última copa— a arreglar las cosas con mi madre, cuyos prejuicios respeto, pero nunca voy a consentir que… que interfieran en mis convicciones. —Se puso de pie de un salto y contempló ufano al intrépido doble reflejado en el espejo de la chimenea—. En mis convicciones —repitió ante el azogue.

—Magnífico, magnífico —exclamó Jim emocionado.

Tras propinar con la aguja un enérgico pinchazo al bastidor, Delia puso la labor a un lado.

—Creo entenderos a ambos, Joe. Si estuviese en el lugar de Charlotte nunca podría abandonar a esas criaturas.

—¡Ya lo ves, querido amigo! —dijo Jim en actitud triunfal, tan orgulloso del eventual coraje de su esposa como del éxito de la cena.

—Nunca los descuidaría —dijo Delia—. Especialmente a los niños abandonados… Creo que hay dos. Esos chiquillos siempre terminan por morir si se les envía a un hospicio. Es eso lo que tanto mortifica a Charlotte.

—¡Pobres criaturas inocentes! ¡La amo más si cabe por quererlos así! Parece increíble que haya sinvergüenzas en este mundo que queden impunes… Delia, ¿querrás decirle que haré lo que sea…?

—Calma, amigo, vayamos despacio —le amonestó Jim gentilmente con un destello de atávica prudencia Ralston.

—Bueno, quiero decir cualquier cosa… que sea razonable…

Delia le salió al paso alzando una mano:

—Se lo diré, Joe, y ella te lo agradecerá. Pero no servirá de nada.

—¿De nada? ¿Pero qué más…?

—Nada más, excepto que Charlotte ha sufrido una recaída de su enfermedad. Hoy tosió sangre cuando estuvo aquí. No debes casarte con ella.

Bueno, ya estaba hecho. Se puso en pie, temblando como una hoja, adivinando la lividez que le arrasaría hasta los labios. ¿Había actuado bien? ¿Había actuado mal? ¿Llegaría a saberlo alguna vez?

El desdichado Joe se volvió hacia ella con un semblante tan abatido como el suyo: se aferraba al respaldo de su sillón, con la cabeza colgando sobre el pecho, como un anciano. Movió los labios sin emitir sonido.

—¡Santo cielo! —balbució Jim—. Pero es necesario que mantengas el ánimo, muchacho.

—Yo… lo siento tanto por ti, Joe. Ella misma te lo dirá mañana —farfulló Delia mientras su esposo continuaba encadenando compungidos consuelos.

—Tómatelo como un hombre, amigo. Piensa en ti, en tu futuro. No puede ser, ¿no lo entiendes? Delia tiene razón, siempre la tiene. Es mejor acabar con todo ahora. Más vale prevenir que lamentar.

—Que lamentar —repitió Joe con una sonrisa afligida.

A Delia se le ocurrió que hasta entonces en el transcurso de su fácil y bienaventurada vida aquel joven jamás había tenido que renunciar —como tampoco lo había tenido que hacer su Jim— a algo que desease fervientemente. Incluso el léxico de la renuncia y los gestos inherentes a ella le resultaban desconocidos.

—Pero no lo entiendo. No puedo renunciar a ella —declaró parpadeando para disipar una lágrima pueril.

—Piensa en los niños, amigo mío, es tu deber —insistió Jim, reprimiendo una mirada de complacencia a su lozana Delia.

En la conversación que tuvo lugar a continuación entre los primos —argumentación, réplica, sabio consejo y desesperanzada protesta—, Delia apenas intervino. Sabía perfectamente cómo acabaría aquello. El novio que había temido que su esposa trajese a casa alguna infección por culpa de sus visitas a los pobres no contagiaría la enfermedad a su estirpe de forma consciente. Y no se trataba únicamente de eso. En la memoria de Joe debían de estar pesando muchos tristes ejemplos de madres fallecidas prematuramente que dejaban solos a sus esposos con una joven prole aún por criar. Los Ralston, los Lovell, los Lanning, los Archer, los Van der Luyden… ¿Quién de ellos no tenía una tumba que cuidar en algún remoto cementerio: tumbas de «desmejoradas» jóvenes de familia, enviadas a sanar a la reparadora Italia? Los cementerios protestantes de Roma y de Pisa estaban atestados de nombres neoyorquinos. La visión del conocido peregrinaje familiar con la esposa moribunda enfriaba al Ralston más ardiente. Y todo el rato, mientras escuchaba con la cabeza inclinada, Delia no cesaba de repetirse: Esto ha sido fácil, pero ¿cómo voy a decírselo a Charlotte?

Una vez que el pobre Joe, ya muy tarde, le estrechó la mano musitando a duras penas una despedida, ella le llamó de repente desde el umbral:

—Por favor, deja que yo la vea primero. Debes esperar a que ella te avise. —Y la estremeció un poco la rapidez con que él accedió. En cualquier caso, la retórica fingida no ayudaba a nadie a afrontar lo que aguardaba a Joe. Y la última mirada que éste le dirigió a Delia fue de compasión.

Se cerró la puerta principal tras la partida de Joe, y Delia se sobresaltó al sentir sobre su hombro la mano de su marido.

—¡Nunca te he admirado más, querida! ¡Qué sabia eres!

Ella inclinó la cabeza hacia atrás para recibir su beso y se apartó. Adivinaba que el brillo de los ojos de Jim era tanto de excitación ante sus encantos como un tributo a su buen hacer.

Delia lo mantuvo a distancia.

—¿Qué habrías hecho tú, Jim, si yo te hubiese dicho respecto a mí misma lo que acabo de contarle a Joe sobre Chatty?

El leve frunce de sus cejas reveló que consideraba la pregunta fuera de lugar y bastante incongruente con la delicadeza habitual de su esposa.

—Ven —la incitó él tendiéndole su fuerte brazo.

Ella se mantuvo apartada, con la mirada seria.

—¡Pobre Chatty! Ya no le queda nada…

También la expresión de la mirada de Jim se tornó seria, en espontánea actitud de solidaridad. En momentos así seguía siendo el muchacho sensible que ella podía manejar a su antojo.

—Sí, desde luego, pobre Chatty —y añadió echando mano torpemente de la primera solución que le vino a la mente—: Menos mal que, afortunadamente, tiene a esos pobres chiquillos, ¿no? Supongo que una mujer debe tener niños a quienes amar… Ajenos a falta de propios. —Resultaba evidente que dar con el remedio había mitigado su pena.

—Sí —convino Delia—, no sé qué otro alivio le queda. Estoy segura de que también Joe lo verá así. Entre nosotros, querido... —y ahora sí permitió que él le cogiera las manos—, tú y yo debemos ocuparnos de que pueda conservar a sus criaturas.

—¿A sus criaturas? —Sonrió ante el empleo del posesivo—. ¡Naturalmente, pobrecilla! A no ser que la envíen a Italia.

—Oh, eso no ocurrirá... ¿de dónde iba a salir el dinero? Y además ella no dejaría nunca a la tía Lovell. Pero he pensado, querido, si pudiese decírselo mañana... Bueno, no es que esté ansiosa por hablar con ella, pero si pudiese decirle que tú me permitirías cuidar de la criatura que más le preocupa, de la pobre niñita abandonada, sin hogar y sin apellidos... si pudiese destinar a ello una cantidad de mi asignación personal...

Ambos entrelazaron sus manos y ella alzó hacia su esposo un tímido semblante. Los ojos de Jim se nublaron de lágrimas viriles. ¡Ah, cómo le enorgullecía a él la salud, la sabiduría, la generosidad de su esposa!

—¡Ni un centavo de tu asignación personal, ni hablar!

Ella fingió decepción y estupor.

—Piensa, querido... ¡Si yo hubiese tenido que renunciar a ti!

—Quiero decir que no gastes ni un centavo de tu asignación personal, sino que dispongas de cuanto necesites para ayudar a los pobres de Chatty. Eh... ¿te parece bien?

—¡Amor mío! ¡Cuando pienso en los nuestros, allá arriba!

Se abrazaron sobrecogidos ante tal evocación.

CAPÍTULO 5

Al oír los pasos de su prima, Charlotte Lovell despegó de la almohada su rostro febril.

El dormitorio, cerrado y en penumbra, olía a agua de colonia y a ropa recién lavada. Delia entró deslumbrada por el brillante sol invernal, y tuvo que caminar a tientas en la semioscuridad obstaculizada por el mobiliario de caoba.

—Quiero verte la cara, Chatty, a no ser que te duela demasiado la cabeza.

Charlotte negó con un gesto y Delia descorrió las pesadas cortinas de la ventana para permitir la entrada de un rayo de luz. Bajo este pudo ver la cabeza de la joven, lívida contra la ropa de cama, las ojeras visibles de nuevo bajo los apesadumbrados párpados. ¡Precisamente ése —recordó Delia— había sido también el aspecto de la pobre prima Fulanita la semana antes de partir para Italia!

—Delia —susurró Charlotte.

Delia se aproximó a la cama y escrutó a su prima con ojos nuevos. Sí: la noche anterior había sido bastante fácil disponer del futuro de Chatty como si fuese el suyo. Pero ¿y ahora?

—Querida…

—Oh, empieza, por favor —la interrumpió la joven—, o sabré que lo que vas a decirme es demasiado terrible.

—Chatty, querida, si te prometí demasiado…

—¿Jim no te permitirá quedarte con mi hija? ¡Lo sabía! ¿Cuándo dejaré de soñar imposibles?

Con las lágrimas rodando por sus mejillas, Delia se arrodilló junto a la cama y dejó que la otra aferrase su mano fresca entre las suyas abrasadoras.

—No pienses en eso, querida. Piensa solo en lo que preferirías por encima de todo…

—¿Lo que preferiría? —La joven se irguió de repente contra los almohadones, reanimada hasta las candentes puntas de los dedos.

—No puedes casarte con Joe y conservar a la pequeña Tina, ¿verdad? —prosiguió Delia.

—No puedo tenerla conmigo, pero sí en algún lugar donde pudiese escabullirme a verla… ¡Oh, cómo pude hacerme tan tontas ilusiones!

—Deja las ilusiones, Charlotte. ¿Dónde ibas a tenerla? ¿Ver en secreto a tu propia hija? ¿Siempre con miedo a la difamación? ¿A perjudicar a tus otros hijos? ¿Has pensado alguna vez en eso?

—¡Oh, es que mi pobre cabeza ya no da para más! ¿Intentas decirme que debo renunciar a la niña?

—No, querida, pero sí que no debes casarte con Joe.

Charlotte se hundió de nuevo en la almohada entornando los ojos.

—Te repito que debo buscar un hogar para mi hija. Delia, tú eres demasiado afortunada como para entenderlo.

—Considérate afortunada tú también, Chatty. No tendrás que renunciar a tu hija. Ella vivirá contigo: la cuidarás tú… por mí.

—¿Por ti?

—Te prometí que me haría cargo de ella, ¿no es verdad? Pero no te dije que debías casarte con Joe. Solo que le daría un hogar a la pequeña. Bueno, pues eso ya está arreglado: las dos estaréis siempre juntas.

Charlotte la agarró con fuerza sollozando:

—Pero Joe… No puedo decírselo, ¡no puedo! —De repente apartó a Delia de ella—. ¿No le habrás dicho nada de lo de mi niña? No podría soportar herirle de esa forma.

—Le dije que ayer tosiste sangre. Pronto vendrá a verte. Se siente tremendamente desdichado. Se le ha hecho entender que, dada tu precaria salud, el compromiso queda anulado por expreso deseo tuyo… y él acepta tu decisión. Pero si él o tú flaqueáis no podré hacer nada ni por ti ni por la pequeña Tina. ¡No lo olvides, por favor!

Delia la soltó y Charlotte se recostó sin decir palabra, con los ojos cerrados y los labios apretados. Parecía un cadáver, allí recostada. En una silla junto a la cama estaba la popelina con cintas de terciopelo rojo, reformada con motivo de su compromiso. Un par de flamantes escarpines de cabritilla color bronce asomaban por debajo. Pobre Chatty, apenas había tenido tiempo de sentirse atractiva…

Delia permanecía sentada en silencio junto a la cama, con la mirada fija en el rostro hierático de su prima. Siguió el curso de una lágrima que se escabullía de los fruncidos párpados de Charlotte y observó cómo quedaba prendida entre sus pestañas hasta resbalar brillante por su mejilla. Cuando la lágrima rozó sus labios, Charlotte dijo:

—¿Quieres decir que viviré con ella en algún lugar? ¿Solas ella y yo juntas?

—Solo tú y ella.

—¿En una casita?

—En una casita…

—¿Estás segura, Delia?

—Estoy segura, querida mía.

Charlotte volvió a incorporarse sobre el codo y rebuscó bajo la almohada. Extrajo una estrecha cinta de la que colgaba un anillo de diamantes.

—Ya me lo había quitado —se limitó a decir, entregándoselo a Delia.

****

SEGUNDA PARTE

CAPÍTULO 1

Con el tiempo, todo el mundo convendría en que todo apuntaba a que Charlotte Lovell sería una solterona. Había resultado obvio incluso antes de que su enfermedad hiciese acto de presencia: había cierta mojigatería en ella pese a su flamante cabellera. Y eso que había sido afortunada, pobre chica, teniendo en cuenta la frágil salud que había tenido en su juventud. Las conocidas de la señora de James Ralston, por ejemplo, recordaban a Charlotte como un verdadero espectro echando los pulmones por la boca al toser. Ése, no cabía duda, había sido el motivo de la ruptura de su compromiso con Joe Ralston.

Ciertamente se había recuperado con rapidez, pese al desconcertante tratamiento al que la sometieron. Como todo el mundo sabía, los Lovell no podían permitirse enviarla a Italia y la experiencia anterior en Georgia no había dado buenos frutos, de modo que la despacharon a una granja junto al Hudson —un rinconcito en las propiedades de James Ralston— donde vivió durante cinco o seis años en compañía de una criada irlandesa y de una huerfanita. El asunto de la pequeña huérfana era otro enigmático episodio en la historia de Charlotte. Desde que se manifestó su enfermedad, a los veintidós o veintitrés años, había desarrollado un amor casi enfermizo por los niños, en especial por los hijos de los pobres. Se decía —se daba por hecho que el comentario procedía del doctor Lanskell— que el frustrado instinto maternal era particularmente intenso en aquellos casos en los que alguna enfermedad pulmonar había echado a perder un posible matrimonio. Así pues, una vez decidido que Chatty debía anular su compromiso con Joe Ralston y marcharse a vivir al campo, el doctor le había comunicado a la familia que la única esperanza de salvarla pasaba por no separarla radicalmente de sus huerfanitos, por permitirle elegir a alguno de ellos, el menor y más digno de lástima, y que se dedicara en cuerpo y alma a cuidarlo. Así pues, los Ralston le cedieron su pequeña granja y la esposa de Jim, con su extraordinaria capacidad para solucionar imprevistos en un santiamén, lo arregló todo con celeridad e incluso se comprometió a hacerse cargo de la criatura en caso de fallecer Charlotte.

Charlotte no falleció. Sobrevivió hasta convertirse en una saludable mujer madura, llena de energía e incluso algo autoritaria. Y a medida que su carácter se transformaba, se iba asemejando cada vez más a la típica solterona: empecinada, metódica, maniática en minucias y propensa a magnificar las más nimias tradiciones sociales y domésticas. Tal era su reputación de meticulosa ama de casa, que cuando el pobre Jim Ralston murió debido a una caída de caballo, dejando a Delia todavía joven y con un varón y una niña a su cargo, se consideró lo más natural que la desconsolada viuda se llevase a su prima a vivir con ella para compartir su carga. Pero Delia Ralston jamás hacía las cosas como todo el mundo. Cuando acogió a Charlotte, acogió también a su huerfanita: una chiquilla de pelo oscuro y ojos castaño pálido, increíblemente perspicaz, como lo son los niños que pasan más tiempo de lo habitual entre sus mayores. La niña se llamaba Tina Lovell: se sobreentendía vagamente que Charlotte la había adoptado. La criatura se crió en una afectuosa igualdad con sus jóvenes primos Ralston, y lo mismo cabría decirse respecto a las dos mujeres que le hicieron de madres. Pero, obedeciendo a un instinto de emulación que nadie se tomó la molestia de corregir, la niña siempre llamó «mamá» a Delia Ralston y «tía Chatty» a Charlotte Lovell. Se convirtió en una joven brillante y encantadora, y la gente se maravillaba de la suerte que había tenido Chatty al elegir un ejemplar tan interesante entre sus huérfanos (a aquellas alturas todos suponían que habría podido escoger entre un orfanato entero).

Sillerton Jackson, un agradable y maduro soltero recién llegado de una larga estancia en París (donde, al parecer, había sido agasajado por destacadas personalidades), se mostró impactado por los encantos de Tina cuando la conoció en el baile de su presentación en sociedad, y solicitó permiso a Delia para pasar por su casa una tarde a cenar con ella y con su joven familia. Felicitó a la viuda por la lozana belleza de su hija Delia, pero el sagaz ojo materno advirtió que era a Tina a quien observaba todo el rato. Tras la cena comentó ante las damas que había algo «muy francés» en el estilo de peinado de la joven, y que incluso en la Capital de la Elegancia se la habría considerado sumamente distinguida.

—Oh… —exclamó Delia afectando indiferencia pero interiormente complacida. Mientras, Charlotte Lovell continuaba inclinada sobre su labor con los labios tensos. Pero Tina, que había estado bromeando con sus primos en el extremo opuesto de la habitación, se plantó ante sus mayores en un instante.

—¡Escuché lo que dijo el señor Sillerton! Sí, mamá: dice que me peino con mucho estilo. ¿Acaso no te lo he dicho yo siempre? Sé perfectamente que el pelo queda mejor cuando se le deja rizar a su aire en lugar de aplastarlo con bandolina como tía…

—Tina, Tina… ¡siempre pensando que todo el mundo te admira! —protestó la señorita Lovell.

—¿Y por qué no habría de creerlo, si es la verdad? —rió la joven en actitud desafiante. Y, volviendo una mirada burlona hacia Sillerton Jackson, añadió—: ¡Dígale a la tía Charlotte que no sea una solterona cascarrabias!

Delia observó cómo afluía la sangre al rostro de Charlotte Lovell. Ya no se formaban dos círculos rojizos en sus pronunciados pómulos, sino que un vivo rubor se difundía por toda su tez, desde el cuello cerrado con un anticuado broche de piedra granate hasta el cabello entrecano (sin rastro ya de rojo) aplastado sobre sus despejadas sienes.

Esa noche, cuando subían a acostarse, Delia llamó a Tina a su habitación.

—No debes hablarle a tu tía Charlotte como lo has hecho esta tarde, querida. Es una falta de respeto… Debes ser consciente de que le haces daño.

La chica se mostró muy compungida.

—¡Oh, cuánto lo siento! ¿Fue porque dije que era una solterona? Pero es que lo es, ¿no es verdad, mamá? Quiero decir en su actitud. No creo que haya sido nunca joven… ni que haya pensado en divertirse, en ser admirada o en enamorarse, ¿tú qué dices? Ésa es la razón por la que ella nunca me comprende y tú sí, mamá querida. —Con uno de sus ágiles movimientos Tina se acurrucó entre los brazos de la viuda.

—Niña… niña —la amonestó Delia con suavidad, besando los rizos oscuros que brotaban desde cinco puntos distintos de las sienes de la joven.

Se oyeron unas leves pisadas en el pasillo y Charlotte Lovell apareció en la puerta. Sin moverse, Delia le dirigió una alentadora mirada por encima del hombro de Tina.

—Entra, Charlotte. Estoy riñendo a Tina por comportarse como una niña malcriada ante Sillerton Jackson. ¿Qué va a pensar de ella?

—Lo que se merece, probablemente —repuso Charlotte con una fría sonrisa. Tina se le acercó y los finos labios de la tía tocaron la frente que le ofrecía la joven, justo donde Delia había depositado su cálido beso—. Buenas noches, niña —dijo secamente instándola a marcharse.

Se cerró la puerta de la habitación quedando ambas mujeres a solas. Con un gesto, Delia le indicó a Charlotte que se sentase en un sillón frente al suyo.

—No tan cerca del fuego —respondió la señorita Lovell.

Optó por una silla de espaldar recto y se sentó con las manos entrelazadas. La mirada de Delia cayó distraída sobre los delgados dedos desprovistos de anillos: se preguntó por qué Charlotte no lucía nunca las joyas de su madre.

—Escuché lo que le decías a Tina, Delia. La estabas reprendiendo por haberme llamado solterona.

Esta vez fue Delia quien se sonrojó:

—La reprendí por haber sido desconsiderada, querida. Si escuchaste lo que dije no puedes pensar que he sido demasiado severa.

—No, demasiado severa, no. Nunca he pensado que seas excesivamente severa con Tina. Todo lo contrario.

—¿Crees que la consiento?

—A veces.

Delia sintió un inesperado resentimiento:

—¿Qué he dicho que no te haya parecido bien?

Charlotte sostuvo su mirada sin pestañear:

—Prefiero que me considere una solterona a que…

—Oh… —musitó Delia. Con súbita intuición logró penetrar en el alma de la otra, calibrando una vez más su estremecedora soledad.

—¿Qué otra cosa —prosiguió Charlotte inexorable— podría considerarme ella…?

—Comprendo… comprendo —acertó a murmurar la viuda.

—Una solterona ridícula y obtusa… nada más —insistió Charlotte Lovell incorporándose—. Es la única manera de sentirme a salvo con ella.

—Buenas noches, querida —dijo Delia, conmovida. Había momentos en los que casi odiaba a Charlotte por ser la madre de Tina, y otros, como éste, en los que se le rompía el corazón ante el trágico espectáculo de aquel vínculo inconfesable.

Charlotte pareció adivinar sus pensamientos.

—Oh, pero no me compadezcas. Ella es mía —murmuró al salir.

CAPÍTULO 2

En ocasiones Delia Ralston tenía la sensación de que los acontecimientos reales de su existencia no se desencadenaron hasta que sus dos hijos contrajeron matrimonios convenientes y seguros dentro de la irreprochable elite neoyorquina. El chico se había casado en primer lugar, eligiendo a una Vandergrave cuyo padre poseía un banco en Albany, donde el joven se integraría inmediatamente en calidad de socio menor. En cuanto a la joven Delia, había escogido (tal como había vaticinado su madre) a John Junius, el más juicioso y fiable de los numerosos muchachos Halsey, con quien se mudó a la casa paterna al año de casarse su hermano.

Tras abandonar Delia el hogar de Gramercy Park, era inevitable que Tina ocupase el centro de su reducido escenario. Tina estaba en edad casadera, era admirada y tenía pretendientes, pero ¿qué esperanzas tenía de encontrar marido? Aunque las dos mujeres estaban pendientes del asunto sin abordar jamás la cuestión entre ellas, Delia Ralston, que meditaba día tras día sobre ello y se lo llevaba consigo cada noche al dormitorio, sabía que, en la planta de arriba y a la misma hora, Charlotte Lovell cavilaba sobre el mismo asunto.

Rara vez, durante sus ocho años de vida en común, habían estado ambas primas en franco desacuerdo. En realidad, casi podría decirse que en su relación no había habido nada franco. A Delia le hubiese gustado que las cosas fuesen de otro modo: tras haber desnudado una vez sus corazones, parecía poco natural que un velo se interpusiera entre ellas. Aun así, comprendía que había que preservar a toda costa la candidez de Tina respecto a sus orígenes, y que Charlotte Lovell, desabrida, temperamental y hierática, no conocía mejor salvaguarda que la de encastillarse en un pertinaz silencio.

Tan lejos había llevado aquel retraimiento autoimpuesto que la señora Ralston se sorprendió cuando, poco después de la boda de Delia, Charlotte le pidió de repente que le permitiese trasladarse al pequeño dormitorio contiguo al de Tina, el cual había quedado libre tras la partida de la recién casada.

—Pero ahí vas a estar menos confortable, Chatty. ¿Has pensado en ello? ¿O tal vez es por las escaleras?

—No. No es por las escaleras —respondió Charlotte con su habitual displicencia. ¿Cómo iba a aprovecharse de aquel pretexto que le facilitaba Delia cuando a su prima le constaba que ella aún subía y bajaba los tres tramos como una adolescente?—. Es porque así estaría más cerca de Tina —dijo casi en un susurro que chirrió como una cuerda desafinada.

—Oh… Muy bien. Como quieras. —La señora Ralston no habría podido precisar por qué se sintió repentinamente molesta por aquella petición, de no ser porque previamente había acariciado ella misma la idea de transformar la habitación libre en un saloncito para Tina. Había pensado decorarlo en rosa y verde claro, como una flor a punto de abrirse.

—Por supuesto, si hay algún motivo… —sugirió Charlotte como si le hubiese leído el pensamiento.

—Ninguno en absoluto… Es solo que… Bueno, había pensado en darle a Tina una sorpresa convirtiendo esa habitación en un pequeño gabinete donde ella pudiese tener sus libros y sus cosas, o recibir a sus amigas.

—Eres muy amable, Delia, pero Tina no debe tener ningún gabinete —respondió con ironía la señorita Lovell, con las pequeñas chispas verdes aflorando a sus ojos.

—Muy bien, como tú digas —repitió Delia en el mismo tono cortante—. Haré que bajen tus cosas mañana.

Charlotte se detuvo en el vano de la puerta:

—¿Estás segura de que no hay ningún otro motivo?

—¿Otro motivo? ¿Por qué habría de haberlo? —ambas mujeres se escudriñaron casi con hostilidad, y Charlotte se dio la vuelta para marcharse.

Concluida la conversación, Delia se sintió contrariada consigo misma por haber accedido al deseo de Charlotte. ¿Por qué había de ceder ella siempre, siendo al fin y al cabo la dueña de la casa y la persona a quien, prácticamente, tanto Charlotte como Tina debían su existencia o, por lo menos, lo que hacía que dicha existencia mereciese la pena? Pese a ello, cada vez que surgía alguna cuestión relacionada con Tina era invariablemente Charlotte quien se salía con la suya y Delia quien claudicaba. Era como si Charlotte, con su estrategia de pertinaz mutismo, se hubiese propuesto sacar el mayor partido de la dependencia que impedía a una mujer como Delia encararse con ella.

A decir verdad, Delia se había hecho más ilusiones de las que pensaba sobre la posibilidad de mantener unas agradables tertulias con Tina, para las cuales el pequeño gabinete habría sido idóneo. Mientras su hija ocupó la habitación, la señora Ralston se había habituado a pasar allí una hora cada tarde, departiendo con las dos jóvenes mientras se desvestían, escuchando sus comentarios sobre los incidentes del día. Siempre sabía de antemano lo que su hija diría exactamente, pero los puntos de vista y las opiniones de Tina siempre constituían para ella una fuente de inagotable y deliciosa novedad. No es que fuesen extravagantes o descabellados, pero había momentos en que parecían emerger de las adormecidas profundidades del pasado personal de Delia. Las opiniones de Tina expresaban sentimientos que ella no se había atrevido a confesar, ideas que apenas admitía para sí misma: a veces Tina decía cosas que Delia Ralston, en remotos ratos de intimidad, se había imaginado diciéndole a Clement Spender.

Y ahora habría que poner término a dichas conversaciones nocturnas: si Charlotte había pedido ser alojada junto a su hija, ¿no podría ser precisamente porque deseaba ponerles fin? A Delia nunca se le había ocurrido pensar que su influencia sobre Tina pudiese suscitar rencores. Descubrirlo ahora proyectaba un instantáneo haz de luz sobre el abismo que había separado siempre a ambas mujeres. Sin embargo, al cabo de unos minutos, Delia se reprochó haberle atribuido a su prima sentimientos de celos. ¿No debía más bien atribuírselos a sí misma? Charlotte, como madre de Tina, tenía todo el derecho a desear estar cerca de ella, en todos los sentidos posibles. ¿Qué derecho tenía Delia a oponerse a aquel privilegio natural? A la mañana siguiente dio instrucciones de trasladar las cosas de Charlotte a la habitación contigua a la de Tina.

Esa misma noche, a la hora de acostarse, Charlotte y Tina subieron juntas; Delia se demoró en el salón con el pretexto de escribir unas cartas. En realidad, temía el momento de traspasar el umbral donde, noche tras noche, la había retenido la alegre risa de las jóvenes mientras Charlotte Lovell dormía su sueño de solterona en el piso superior. Delia sufrió un espasmo al pensar que a partir de ahora se vería privada de aquel pretexto para preservar su cercano contacto con Tina.

Una hora más tarde, cuando subió las escaleras, Delia se percató con cierta sensación de culpabilidad de que estaba caminando lo más sigilosamente posible sobre la tupida alfombra del pasillo y de que estaba tardando más de lo necesario en apagar la lámpara de gas del descansillo. Mientras se demoraba, aguzó los oídos por si captaba voces procedentes de las puertas contiguas tras las que dormían Charlotte y Tina. Se habría sentido secretamente dolida si hubiese escuchado voces y risas dentro. Pero no había nada de eso, como tampoco se percibía ninguna luz bajo las puertas. Era evidente que Charlotte, fiel a su estricta rutina, le había dado las buenas noches a su hija y, como siempre, se habría metido directamente en la cama. Tal vez nunca había aprobado que Tina trasnochase, ni el excesivo tiempo que invertía en desvestirse entre bromas y confidencias. Al pedir la habitación contigua a la de su hija, quizá Charlotte solo quisiera asegurarse de que la joven no seguía renunciando al «sueño reparador».

Cada vez que Delia se proponía explorar el secreto de los actos de su prima, retornaba de la aventura humillada y avergonzada de los motivos tan ruines que instintivamente le atribuía a Charlotte. ¿Cómo podía ser que ella, Delia Ralston, cuya felicidad había sido clara y manifiesta para el mundo entero, se descubriese tantas veces envidiando a la pobre Charlotte por su restringida maternidad? Se odiaba a sí misma cada vez que detectaba aquel conato de celos, e intentaba compensarlo mediante una actitud más amable y una mayor consideración hacia los sentimientos de Charlotte. Pero su propósito no siempre se traducía en éxito y, en ocasiones, Delia se preguntaba si a su prima no la incomodarían aquellas muestras de cariño que, indirectamente, ponían de relieve su desdicha. Lo peor de un sufrimiento como el de Charlotte es lo insensible que le hace a uno al más mínimo roce…

Delia, desvistiéndose lentamente ante el espejo del mismo tocador de encaje que antaño reflejara su imagen nupcial, reflexionaba sobre todo aquello cuando escuchó una tímida llamada. Abrió la puerta y allí estaba Tina, en camisón y con sus oscuros bucles cayendo sobre sus hombros.

Con el corazón palpitante de alegría, Delia le tendió los brazos.

—Tenía que darte las buenas noches, mamá —susurró la joven.

—Pues claro, querida. —Delia estampó un fuerte beso sobre su frente alzada—. Ahora márchate, deprisa, no vayas a despertar a tu tía. Ya sabes que no descansa bien, y debes ser sigilosa como un ratón ahora que la tienes al lado.

—Sí, ya lo sé —convino Tina, con una mirada grave que era casi de complicidad.

No hizo más preguntas, ni se demoró: tomando la mano de Delia la retuvo un momento contra su mejilla, y a continuación se escabulló tan silenciosamente como había entrado.

CAPÍTULO 3

—Por fuerza tienes que haber notado el cambio en Tina —insistía Charlotte Lovell, dejando a un lado el Evening Post—. ¿No es cierto?

Ambas señoras estaban solas, sentadas junto a la chimenea del salón de Gramercy Park. Tina había salido a cenar con su prima, la joven esposa de John Junius Halsey. Posteriormente asistirían a un baile en casa de los Vandergrave, y desde allí los Halsey habían prometido acompañarla de regreso a casa. Tras la temprana cena, la señora Ralston y Charlotte disponían de toda la tarde para ellas. En ocasiones así, la costumbre dictaba que Charlotte leyese las noticias de prensa en voz alta para su prima mientras ésta bordaba, pero aquella noche, pese a la concienzuda lectura que Charlotte llevaba a cabo de columna a columna, sin un solo tropiezo u omisión, Delia había presentido que por algún motivo su prima se disponía a aprovechar la ausencia de su hija.

Con objeto de retrasar su respuesta, la señora Ralston se inclinó sobre una puntada de su delicado bordado en blanco.

—¿Tina cambiada? ¿Desde cuándo? —inquirió.

La respuesta llegó como un rayo:

—Desde que Lanning Halsey ronda tan a menudo por aquí.

—¿Lanning? Yo creía que venía por Delia —dijo la señora Ralston pensativa, hablando al azar para ganar más tiempo.

—Es lógico que creas que todos los jóvenes vienen en busca de Delia —repuso Charlotte con aspereza—, pero está claro que si Lanning sigue buscando la menor ocasión de estar con Tina…

La señora Ralston levantó la cabeza para mirar un segundo a su prima. En efecto había percibido que Tina había cambiado, del mismo modo enigmático en que se transforma una flor cuando los cerrados pétalos pugnan por abrirse desde el interior. La joven estaba más linda, más reservada, más callada, más risueña sin motivo aparente. Sin embargo, Delia no había relacionado dichos cambios con la presencia de Lanning Halsey, uno de los muchos jóvenes que habían frecuentado la casa con anterioridad a la boda de Delia. Hubo un momento, desde luego, en que la señora Ralston se había fijado en el atractivo Lanning. De todos los fortachones y estólidos primos Halsey, él era el único del que cualquier madre juiciosa recelaría para confiarle a su hija. Era difícil precisar el motivo, salvo que era más apuesto y desinhibido que el resto, crónicamente impuntual y por completo indiferente al hecho de serlo. Así había sido Clem Spender. ¿Y si la joven Delia…?

Pero la madre de la joven Delia se sintió pronto aliviada. A la muchacha, de por sí zalamera y seductora, no le llamaban la atención esas mismas cualidades en los demás, a no ser que fuesen acompañadas de virtudes más consistentes. Ralston hasta la médula, demandaba lo mejor de los Ralston, y escogió al Halsey más merecedor de una prometida Ralston.

La señora Ralston advirtió que Charlotte esperaba que dijese algo.

—Será duro hacerse a la idea de que Tina se case —dijo en tono afable—. No sé qué vamos a hacer nosotras dos, viejas y solas en este caserón vacío… Porque entonces será un caserón vacío. Pero supongo que debemos hacernos a la idea.

—Yo ya lo hago —anunció Charlotte Lovell con gravedad.

—¿Y no te gusta Lanning? Quiero decir, como marido para Tina.

La señorita Lovell dobló el diario vespertino y alargó su delgada mano para coger la labor de punto. Miró a su prima a través de la mesa de costura de madera de cedro:

—Tina no debería exigir demasiado… —empezó a decir.

—Oh… —protestó Delia enrojeciendo.

—Llamemos a las cosas por su nombre —continuó la otra sin inmutarse—. Una vez decidida a hablar, prefiero hacerlo así. Como sabes, por lo general, no suelo pronunciarme.

La viuda asintió con la cabeza y Charlotte prosiguió:

—Es mejor así. Siempre he sabido que llegaría el momento en que tendríamos que hablar claro de este asunto.

—¿Hablar claro? ¿Tú y yo? ¿De qué asunto?

—Del futuro de Tina.

Se produjo un silencio. Delia Ralston, que reaccionaba instantáneamente ante la menor apelación a su sinceridad, exhaló un profundo suspiro de alivio. ¡Al fin empezaba a resquebrajarse el hielo en el corazón de Charlotte!

—Querida —murmuró Delia—, sabes cuánto me preocupa la felicidad de Tina. Ya que desapruebas a Lanning Halsey, ¿tienes en mente a algún otro candidato?

La señorita Lovell esbozó una de sus fugaces y cínicas sonrisas:

—No hay una cola esperando en la puerta, que yo sepa. Tampoco desapruebo a Lanning Halsey como marido. Personalmente, le encuentro muy agradable. Comprendo su atractivo para Tina.

—Ah… ¿A Tina le atrae?

—Sí.

La señora Ralston apartó su labor y observó pensativa el rostro anguloso de su prima. Nunca se había ajustado más Charlotte Lovell a la típica imagen de solterona que allí sentada, erguida en su silla de respaldo recto, con los codos pegados al cuerpo y haciendo sonar las agujas de punto, hablando sin alterarse del casamiento de su hija.

—No lo entiendo, Chatty. Sean cuales sean los defectos de Lanning, y no creo que estos sean graves, comparto tu buena opinión de él. Después de todo —la señora Ralston hizo una breve pausa—, ¿qué es lo que la gente le reprocha? Básicamente, según he oído, que no acaba de decidirse por ninguna profesión. Nueva York tiene para eso una visión bastante pacata, ya lo sabemos. Los jóvenes pueden tener otras inclinaciones…, literarias… incluso, puede costarles decidirse…

Ambas se sonrojaron ligeramente, y Delia supuso que la misma evocación que agitaba su pecho palpitaba bajo el ceñido corpiño de Charlotte.

—Sí, eso lo entiendo —dijo Charlotte—, pero vacilar respecto a una profesión puede conllevar vacilación respecto a… otras decisiones.

—¿Qué quieres decir? No será, supongo, que Lanning…

—Lanning no le ha pedido a Tina que se case con él.

—¿Y crees que se lo está pensando?

Charlotte se tomó su tiempo antes de responder. El sonido regular de sus agujas marcaba el silencio, del mismo modo que una vez, años atrás, lo había marcado el reloj parisino de la chimenea de Delia. Al volar la memoria de

Delia hasta aquella otra escena, sintió su siniestra tensión en el ambiente.

Al fin dijo Charlotte:

—Lanning ha dejado de pensárselo: ha decidido no casarse con Tina. Pero también ha decidido no dejar de verla.

Delia se sonrojó violentamente. Se sentía molesta y perpleja ante las ambiguas frases que brotaban con cuentagotas de los remisos labios de Charlotte.

—¿No querrás decir que se le declaró para luego echarse atrás? No puedo creer que sea capaz de ofender así a Tina.

—No ha ofendido a Tina. Simplemente le ha dicho que no puede permitirse casarse. Hasta que elija profesión, su padre le asigna tan solo unos pocos cientos de dólares al año. Y esa cantidad incluso podría llegar a suprimirse si… si se casa en contra de la voluntad de sus padres.

Le tocó ahora a Delia guardar silencio. El pasado resucitaba poderosamente con las palabras de Charlotte. Clement Spender estaba de nuevo junto a ella, indeciso, insolvente, persuasivo. Ah, ¡si ella se hubiese dejado persuadir!

—Lamento mucho que le haya ocurrido esto a Tina. Pero como Lanning parece haberse comportado de forma honorable, retirándose sin dar lugar a falsas expectativas, podemos confiar en que… confiar en que…

Delia calló, sin saber qué era aquello en lo que podían confiar.

Charlotte Lovell interrumpió su labor:

—Sabes tan bien como yo, Delia, que cualquier joven que pueda enamorarse de Tina encontrará razones de peso para no casarse con ella.

—¿Crees entonces que las excusas de Lanning son un pretexto?

—Naturalmente. El primero de los muchos que encontrarán sus sucesores. Porque, por supuesto, habrá sucesores. Tina… atrae.

—Ah —murmuró Delia.

Allí estaban las dos, encarando al fin el problema que pese a los años de silencios y elusiones había permanecido muy cerca de la superficie, como un cadáver enterrado con excesivas prisas. Delia volvió a inspirar profundamente. Fue, de nuevo, un suspiro más bien de alivio. Siempre había sabido que sería difícil, casi imposible, encontrar marido para Tina. Y por mucho que deseaba la felicidad de la joven, cierto egoísmo furtivo le susurraba cuánto menos solitaria e insípida sería la última etapa de su vida si la joven se viese obligada a compartirla. Pero ¿cómo decirle esto a la madre de Tina?

—Espero que estés exagerando, Charlotte. Puede que haya personas desinteresadas. Pero, en cualquier caso, Tina no tiene por qué ser infeliz aquí, con nosotras que tanto la queremos.

—¿Tina una solterona? ¡Ni hablar! —Charlotte Lovell se levantó bruscamente, golpeando con el puño cerrado la frágil mesa de costura—. Mi hija tendrá su vida… su propia vida… me cueste lo que me cueste.

Se desbordó entonces la sincera compasión de Delia:

—Comprendo cómo te sientes. Yo también lo querría… por duro que sea dejarla marchar. Pero indudablemente no hay prisa, no hay motivo para pensar a tan largo plazo. La joven aún no ha cumplido los veinte. Espera.

Charlotte estaba de pie ante ella, inmóvil, desafiante. En momentos así, a Delia le parecía lava pugnando por salir de entre el granito: parecía no haber salidero para aquel fuego interior.

—¿Esperar? Pero ¿y si ella no espera?

—Pero si él ha desistido…, ¿qué quieres decir?

—Ha desistido de casarse con ella, no de verla.

Esta vez fue Delia quien se incorporó de un salto, sofocada y temblorosa.

—¡Charlotte! ¿Sabes lo que estás insinuando?

—Sí, lo sé.

—Pero es ofensivo. Ninguna muchacha decente…

Las palabras murieron en los labios de Delia. Charlotte Lovell le mantuvo la mirada sin amilanarse.

—Las muchachas no siempre son lo que tú entiendes por decente —declaró.

La señora Ralston volvió lentamente a su asiento. El bastidor se le había caído al suelo y se agachó con dificultad a recogerlo. La austera figura de Charlotte se cernía sobre ella, inexorable como el destino.

—No consigo imaginar, Charlotte, qué se gana con decir cosas semejantes… Con insinuarlas siquiera. Seguro que confías en tu propia hija.

Charlotte se rió:

—Mi madre confiaba en mí —dijo.

—¿Cómo te atreves…? ¿Cómo te atreves? —empezó a decir Delia, pero bajó la vista con un nudo en la garganta.

—Oh, me atrevo a cualquier cosa por Tina, incluso a juzgarla tal como es

—murmuró la madre de Tina.

—¿Tal como es? ¡Es perfecta!

—Digamos pues que ella debe pagar por mis imperfecciones. Lo único que deseo es que no tenga que pagar en exceso.

La señora Ralston continuaba sentada y en silencio. Le parecía que Charlotte ponía voz a los funestos destinos enroscados bajo la superficie segura de la vida, y que ante dicha voz no cabía más respuesta que una anonadada aquiescencia.

—¡Pobre Tina! —suspiró.

—¡Oh, no es mi intención que sufra! No es para eso para lo que he estado esperando tanto. Es solo que he cometido errores, errores que ahora comprendo y que debo remediar. Has sido demasiado buena con nosotras... y debemos marcharnos.

—¿Marcharos? —preguntó Delia con un hilo de voz.

—Sí. No pienses que soy desagradecida. Salvaste a mi hija en una ocasión, ¿crees que puedo olvidarlo? Pero ahora me toca a mí, soy yo quien debe salvarla. Y solo puedo hacerlo llevándomela de aquí, de todo lo que ha conocido hasta ahora. Ha vivido demasiado tiempo en la irrealidad, y ella es como yo. No va a contentarse con lo irreal.

—¿Con lo irreal? —repitió Delia débilmente.

—Irreal para ella: muchachos que la cortejan pero que no pueden casarse con ella, hogares felices que la reciben bien hasta que recelan de sus intenciones respecto a un hermano o esposo... o, también, expuesta a la maledicencia. ¿Cómo pudimos pensar ambas alguna vez que esta criatura podría escapar del desastre? Yo solo alcancé a pensar en su felicidad inmediata, en las ventajas que suponía para nosotras estar contigo. Pero este asunto con el joven Halsey me ha abierto los ojos. Debo llevarme a Tina. Tenemos que irnos a vivir a algún lugar donde nadie nos conozca, donde estemos entre gente sencilla, llevando una vida sencilla. A un lugar donde pueda encontrar un marido y formar un hogar. —Charlotte hizo un inciso. Había hablado en un tono vehemente y monocorde, como recitando de memoria. Pero ahora se le quebró la voz y repitió consternada—: No es que sea desagradecida.

—¡Oh, no hablemos de gratitud! ¿Qué sentido tiene entre tú y yo?

Delia se había puesto en pie y se movía inquieta por la habitación. Ansiaba suplicarle a Charlotte, rogarle que no se precipitase, hacerle ver la crueldad de arrancar a Tina de sus costumbres y relaciones, de llevársela sin explicaciones para adaptarse a «una vida sencilla entre gente sencilla». ¿Qué posibilidad había, en realidad, de que una joven tan radiante se sometiera dócilmente a un destino semejante, o encontrara un marido aceptable en dichas condiciones? El cambio no podía sino precipitar la tragedia. La experiencia de Delia era demasiado limitada como para figurarse con exactitud lo que podría sucederle a una chica como Tina, apartada bruscamente de todo cuanto hacía su vida dichosa. Pero por su agónica imaginación cruzaron confusas imágenes de rebeldía y fuga, de una «caída» más profunda e irreparable que la de Charlotte.

—Es demasiado cruel, es demasiado cruel —sollozó, hablando más para sí misma que para Charlotte.

En lugar de responder, Charlotte miró súbitamente el reloj.

—¿Sabes qué hora es? Más de medianoche. No debo entretenerte a estas horas por culpa de la inconsciente de mi hija.

A Delia se le encogió el corazón. Comprendió que Charlotte deseaba cortar la conversación y hacerlo recordándole que solo la madre de Tina tenía derecho a decidir cuál sería su futuro. En ese momento, aunque acababa de afirmar que no cabía hablar de gratitud entre ellas, Charlotte Lovell le parecía un monstruo de ingratitud y a punto estuvo de espetarle: ¿Acaso todos estos años no me han dado a mí ningún derecho sobre Tina? Pero, justo en ese instante, había vuelto a ponerse en el lugar de Charlotte, sintiendo el feroz miedo de la madre por su hija. Era natural que, en privado, Charlotte se rebelase contra cualquier usurpación de la autoridad que no podía manifestar en público. Con una punzada de compasión cayó Delia en la cuenta de que ella era literalmente la única persona en el mundo ante la cual Charlotte podía actuar como madre. Pobrecilla. ¡Ah!, dejémosla, se dijo para sus adentros.

—Pero ¿por qué habrías tú de esperar despierta a Tina? Ella tiene llave y Delia va a traerla a casa.

Charlotte Lovell no respondió inmediatamente. Enrolló su labor de punto, dirigió una mirada reprobadora a uno de los candelabros de la chimenea y cruzó la estancia para enderezarlo. Después recogió su bolsa de labores.

—Sí, como bien dices, ¿para qué hay que esperarla despierta? —dio unas vueltas por la habitación, apagando lámparas, cubriendo el fuego, asegurándose de que las ventanas tuviesen echados los cerrojos, mientras Delia la contemplaba en actitud pasiva. A continuación ambas primas encendieron sus palmatorias y subieron a la planta de arriba atravesando la casa sumida en la oscuridad. Charlotte parecía resuelta a no volver a hacer alusión a la conversación anterior. Se detuvo en el descansillo, inclinando la cabeza para recibir el habitual beso de buenas noches de Delia.

—Espero que te hayan avivado el fuego —dijo con su aire de eficiente ama de casa.

Tras el imperceptible asentimiento de Delia, ambas murmuraron un simultáneo «buenas noches» y Charlotte giró por el pasillo hacia su dormitorio.

CAPÍTULO 4

El fuego del dormitorio de Delia se había mantenido vivo y su camisón había sido puesto a calentar sobre un sillón junto a la chimenea. Pero ella ni se desvistió ni se apresuró a sentarse. Su conversación con Charlotte la había sumido en una profunda inquietud.

Durante unos instantes permaneció de pie en medio de la habitación, mirando detenidamente a su alrededor. Nada había cambiado en la estancia que se propusiera modernizar desde el momento en que se prometió con Jim. Sus sueños de renovación se habían desvanecido hacía tiempo. Cierta apatía en lo más íntimo de su ser había provocado que gradualmente se viese a sí misma como una tercera persona, como si viviese la vida destinada a otra mujer, una mujer completamente distinta a la vivaz Delia Lovell que en su día llegase a la casa llena de proyectos y ensoñaciones. La culpa, lo sabía, no había sido de su esposo. Con un poco de habilidad y de zalamería se habría salido con la suya con la misma facilidad con que había manejado el espinoso asunto de la niña expósita. El problema fue que, tras aquella victoria, parecía como si no hubiese habido ninguna otra cosa por la que mereciese la pena luchar. De algún modo, una vez puso los ojos en Tina, la existencia de Delia Ralston se había descentrado por completo, volviéndola indiferente a todo lo demás, excepto, claro está, al bienestar de su marido y de sus hijos. Ante ella tan solo vislumbraba un futuro lleno de obligaciones, las cuales había desempeñado con diligencia y buen talante. Pero su vida personal había concluido: se sentía tan aislada como una monja de clausura.

El cambio operado en ella había sido demasiado radical para no ser visible. Los Ralston se vanagloriaban abiertamente del conformismo de la querida Delia. Cada aquiescencia fue entendida como una concesión, y los dogmas familiares se vieron reforzados ante tan vivas muestras de subsistencia. Ahora, mientras contemplaba las litografías de Leopold Robert y los daguerrotipos familiares, el palisandro y la caoba, Delia comprendía que estaba ante las paredes de su propio mausoleo.

El cambio se produjo el día en que Charlotte Lovell, presa del pánico, le hiciese aquella terrible revelación en aquella misma estancia. Entonces, por primera vez y con una especie de amedrentada exaltación, Delia había sentido las ciegas fuerzas de la existencia aflorando e interpelándola bajo sus pies.

Pero aquel día también había sabido que ella quedaba excluida, condenada a vivir entre penumbras. La vida había pasado de largo y a ella la había dejado con los Ralston.

De acuerdo, pues. En tal caso sacaría el mayor provecho de ella misma y de los Ralston. Fue una promesa espontánea e irrevocable, y durante casi veinte años había seguido fiel a ella. Tan solo una vez había dejado de ser una Ralston para ser ella misma. Solo una vez le había parecido que merecía la pena. Y quizás ahora había llegado el momento de afrontar otro desafío. De nuevo, durante cierto periodo de tiempo, tal vez vivir tuviese sentido. No por Clement Spender… Pobre Clement, casado desde hacía años con una prima suya, anodina y porfiada, que había logrado engancharle allá en Roma y, tras confinarle a una domesticidad implacable, obligaba a todos los neoyorquinos que realizaban el Grand Tour a adquirir sus cuadros dispensándoles un rictus de resignación. No, no sería por Clement Spender, menos aún por Charlotte y ni siquiera por Tina, sino por ella misma, por Delia Ralston, por su única ilusión perdida, por su realidad usurpada: derribaría nuevamente las barreras Ralston y accedería al mundo.

Un leve sonido en el silencio de la casa la distrajo de sus cavilaciones. Se puso a escuchar y oyó abrirse la puerta del dormitorio de Charlotte Lovell y el roce de sus almidonadas enaguas desplazándose en dirección al descansillo. Bajo la puerta asomó una luz que se extinguió al instante: Charlotte había pasado por delante del cuarto de Delia al bajar las escaleras.

Ella continuó escuchando sin moverse. Quizás la metódica Charlotte había bajado a cerciorarse de que la puerta principal no estuviese trancada, o a verificar que, efectivamente, había apagado el fuego. Si ésa era su intención no tardaría en escuchar sus pasos de regreso. Pero no se escuchó sonido alguno y, a medida que transcurría el tiempo, parecía obvio que Charlotte había bajado a esperar a su hija. ¿Por qué?

El dormitorio de Delia se ubicaba en la fachada principal de la casa. Delia atravesó sigilosamente la mullida alfombra, descorrió las cortinas y abrió con cuidado los postigos. A sus pies se extendía la plaza vacía, blanca bajo la luz de la luna, con los troncos de los árboles salpicados de nieve reciente. Las casas de enfrente dormían en la oscuridad, ni una pisada desbarataba la nívea superficie, ni una rodera embarraba la brillante calzada. En lo alto, un cielo constelado de estrellas se sumergía en el resplandor de la luna.

Delia sabía que solo otras dos familias de Gramercy Park habían asistido al baile: la de Petrus Vandergrave y sus primos, los jóvenes hijos de Parmly Ralston. La familia de Lucius Lanning acababa de iniciar los tres años de duelo por la madre de la señora Lanning (sería duro para la hija del matrimonio, Kate, de solo dieciocho años, que no podría ser presentada en sociedad hasta cumplir los veintiuno); la joven señora de Marcy Mingott estaba «esperando su tercero», y por tanto estaría apartada de la vida pública durante al menos un año. El resto de vecinos de la plaza era gente que obviamente no pertenecía a su círculo o que no había sido invitada.

Delia apoyó la frente contra los cristales de la ventana. No faltaba mucho para que los carruajes doblasen la esquina, para que resonaran en la adormecida plaza los cascos de las caballerías, para que joviales risas y adioses ascendieran escaleras arriba desde los portales. Pero ¿por qué aguardaba Charlotte a su hija abajo en la oscuridad?

El reloj parisino dio la una. Delia se retiró de la ventana, atizó el fuego, cogió un chal y, envuelta en él, reanudó su vigilancia. ¡Ah, que vieja debía de ser ya para sentir frío en un momento como aquél! Le vino a la memoria lo que le reservaba el futuro: neuralgia, reumatismo, artrosis, sucesivos achaques. Y sin haber estado una sola noche en vela bajo la luz de la luna en los cálidos brazos de un amante…

La plaza permanecía en silencio. Sin embargo, el baile debía de haber terminando: las fiestas más animadas no duraban más allá de la una de la madrugada, y el trayecto desde University Place a Gramercy Park era breve. Delia se apoyó en el alféizar y aguzó el oído.

Resonaron en Irving Place cascos de caballo amortiguados por la nieve, y el coche familiar de Petrus Vandergrave se detuvo en la casa de enfrente. Las chicas Vandergrave y su hermano saltaron de él y subieron la escalinata; a continuación, el coche se detuvo nuevamente unas cuantas puertas más adelante, y los Parmly Ralston, a quienes habían traído sus primos, se apearon ante la suya. El siguiente coche que doblase la esquina debía de ser, por tanto, el de John Junius y su esposa trayendo a Tina.

El reloj de bronce dorado dio la una y media. Delia se extrañó, sabiendo que la joven Delia, por consideración al horario de trabajo de John Junius, nunca se quedaba hasta tarde en las fiestas nocturnas. Sin duda Tina la había hecho demorarse. A la señora Ralston le irritó un poco la inconsciencia de Tina al mantener despierta a su prima. Pero el resentimiento fue barrido por una inmediata oleada de simpatía. «Debemos marcharnos a otro lugar y llevar vidas sencillas entre gente sencilla». Si Charlotte llevaba a cabo su amenaza —y Delia sabía que difícilmente habría dicho algo al respecto si no hubiera tomado ya una decisión—, bien pudiera ser que en aquel preciso instante la pobre Tina estuviese bailando su último vals.

Transcurrió otro cuarto de hora. Entonces, justo cuando el frío empezaba a colarse a través del chal de Delia, vio ésta a dos personas que llegaban hasta la plaza desierta procedentes de Irving Place. Una era un joven con sombrero de copa y holgada capa. Agarrada de su brazo iba una figura tan profusamente arrebujada y embozada que Delia no pudo identificarla hasta que le dio de lleno la luz de la esquina. Posteriormente se sorprendería de no haber reconocido enseguida el paso rítmico de Tina, y su forma de ladear un poco la cabeza para mirar a la persona con quien conversaba.

¡Tina...! ¡Tina y Lanning Halsey regresando a casa de madrugada desde el baile de los Vandergrave, solos y a pie! Lo primero que Delia pensó fue en un accidente: podría haberse averiado el coche o tal vez su hija se había sentido indispuesta y había tenido que marcharse a casa. Pero no, en tal caso ella habría enviado después el coche para recoger a Tina. Y si hubiese habido un accidente de cualquier tipo los dos jóvenes se habrían apresurado a informar a la señora Ralston. En lugar de ello, paseaban bajo la noche gélida y radiante como amantes en un claro del bosque en pleno verano, como si fuesen margaritas en lugar de nieve lo que pisaba el delicado calzado de Tina.

Delia empezó a temblar como una chiquilla. En un instante obtuvo la respuesta a la pregunta que durante mucho tiempo había rondado entre sus pensamientos más íntimos. ¿Cómo se las ingeniaban para verse amantes como Charlotte y Clement Spender? ¿Qué soledad latmiana amparaba sus goces clandestinos? ¿Cómo eran posibles tales encuentros dentro de la reducida sociedad, expuesta y compacta, a la que pertenecían todos ellos? Delia jamás se habría atrevido a preguntar a Charlotte. Incluso había momentos en los que prefería no saber, ni siquiera se atrevía a aventurar una suposición. Pero ahora, en un abrir y cerrar de ojos, lo había entendido. ¡Con qué frecuencia Charlotte Lovell, sola en la ciudad con su abuela enferma, habría regresado de las fiestas nocturnas caminando a solas con Clement Spender! ¡Cuántas veces habría permitido que él se adentrase con ella en la oscuridad de la casa de la calle Mercer, donde nadie aguardaría a su llegada salvo una anciana sorda y sus viejas criadas, todas durmiendo tranquilamente arriba! Al pensar en ello, Delia vislumbró el lúgubre salón que habría sido su bosque bajo la luz de la luna, el viejo salón al que la anciana señora Lovell ya nunca bajaba, con su lámpara de araña cubierta y sus rígidos sofás estilo imperio, con las ciegas cariátides de mármol sobre la repisa de la chimenea. Imaginó los rayos de luna sobre los cisnes y las guirnaldas de la desvaída alfombra, y a dos jóvenes figuras entrelazadas bajo aquella luz gélida.

Sí, recuerdos así habrían suscitado la suspicacia de Charlotte, avivando sus temores hasta el punto de hacerla bajar en medio de la oscuridad a hacer frente a los culpables. Delia se estremeció ante lo irónico de semejante confrontación. ¡Si Tina supiera! Pero para Tina, obviamente, Charlotte continuaba siendo lo que había decidido ser: la viva imagen de una solterona cascarrabias. Delia imaginaba el tono contenido y discreto en que se representaría la escena en la planta baja dentro de un momento: sin aspavientos, sin reproches, sin insinuaciones, desoyendo las excusas con resolución y desenfado: ¿Qué ocurre, Tina? ¿Has venido caminando con Lanning? ¡Ay, criatura insensata…! ¡Con esta humedad tan fría! Ah, ya entiendo: Delia estaba preocupada por su bebé, se marchó temprano a casa prometiendo enviar el coche de vuelta pero el coche no regresó, ¿no es así? Bueno, querida, qué bien que encontrases a Lanning para acompañarte a casa. Sí…, esperaba despierta porque no conseguía recordar si te habías llevado la llave del cerrojo. Ah, ¿la tiene Lanning? Gracias, Lanning, qué amable. Buenas noches… O mejor debería decir buenos días.

Mientras Delia llegaba a este punto en su muda recreación del monólogo de Charlotte, abajo sonó la puerta principal y el joven Lanning Halsey se alejó caminando por la plaza. Delia le vio detenerse en la acera opuesta, mirar hacia la fachada, y a continuación marcharse sin prisa. Su despedida había durado exactamente lo que Delia había calculado. Un momento después vio una luz pasar bajo su puerta, oyó el roce almidonado de las enaguas de Charlotte, y supo que madre e hija habían llegado a sus habitaciones.

Lentamente, con movimientos mecánicos, comenzó a desvestirse, sopló su vela y se arrodilló junto a su cama con el rostro oculto.

CAPÍTULO 5

Desvelada en la cama hasta el amanecer, Delia revivió cada detalle del aciago día en que se hizo cargo de la hija de Charlotte. Por entonces, también ella era poco más que una chiquilla sin nadie a quien acudir, nadie que la apoyase en su decisión o que la aconsejase sobre cómo llevarla a cabo. A partir de aquel día, las experiencias acumuladas a lo largo de veinte años deberían de haberla preparado para las eventualidades, deberían de haberla enseñado a aconsejar a otros en lugar de ser ella quien se dejase guiar. Pero lo vivido durante esos años pesaba en ella como cadenas que la anclaban a la angosta parcela de su existencia. La libertad de acción se le antojaba a día de hoy más arriesgada, más impensable que la primera vez que se aventuró a ejercerla. Ahora parecía haber mucha más gente que considerar («considerar», una expresión inequívocamente Ralston): sus hijos, los hijos de sus hijos, las familias con las que éstos habían emparentado al casarse. ¿Qué dirían los Halsey? ¿Y los Ralston? ¿Se había convertido ella en una Ralston de pies a cabeza, después de todo?

Un par de horas después se encontraba sentada en la biblioteca del doctor Lanskell, con la mirada perdida en su alfombra de Esmirna oscurecida de hollín. Hacía ya tiempo que el doctor Lanskell había dejado de practicar la medicina: a lo sumo, seguía atendiendo a unos cuantos pacientes antiguos, expresando su parecer en casos «difíciles». Pero aún era una autoridad en su viejo reino, una especie de pope o de venerable sabio médico a quien con frecuencia regresaban en busca de medicina moral los pacientes a quienes antaño aliviase de dolencias físicas. Todos confiaban en el juicio del doctor Lanskell, pero lo que de verdad los llevaba hasta él era la certeza de que en aquella sociedad con tantos prejuicios no había cosa alguna que a él le pudiese intimidar.

Ahora, mientras permanecía sentada, observando cómo la imponente figura de cabeza plateada se desplazaba pesadamente por la habitación, entre hileras de libros de medicina encuadernados en piel y esculturas de gladiadores moribundos y jóvenes augustos, regalos de pacientes agradecidos, Delia experimentaba la paz que transmitía su mera presencia física.

—Usted sabe… Al principio, cuando me hice cargo de Tina quizá no consideré lo suficiente…

El doctor se detuvo tras su escritorio y, descargando un amago de puñetazo sobre éste, exclamó:

—¡Menos mal que no lo hiciste! Ya tenemos bastantes «consideradores» en esta ciudad como para que también lo seas tú, Delia Lovell.

Ella alzó la mirada rápidamente:

—¿Por qué me llama Delia Lovell?

—Bueno, porque sospecho que hoy lo eres —replicó él perspicazmente y ella acogió el comentario con una melancólica risita.

—Tal vez si no lo hubiese sido antes… Quiero decir que al final habría resultado mejor para Tina si yo siempre hubiese sido una Ralston prudente y precavida.

El doctor Lanskell desplomó en el sillón de su escritorio su corpachón aquejado de gota, y la miró con sorna a través de sus gafas:

—Odio las expresiones del tipo habría-sido-mejor-que. Resultan tan nutritivas como comer fiambre de cordero tres días seguidos.

Ella continuaba pensativa.

—Naturalmente, me doy cuenta de que si adopto a Tina…

—¿Sí?

—Bueno, la gente dirá que… —Un violento rubor ascendió hasta su cuello, le cubrió las mejillas y la frente y se propagó como un incendio bajo su cabello, primorosamente peinado con raya al medio.

Él asintió:

—Sí.

—O también que… —se sonrojó aún más— que Tina es de Jim.

El doctor Lanskell asintió de nuevo:

—Sí, más bien será eso lo que piensan. ¿Y qué? A Jim no le habría importado: no te hizo preguntas cuando acogiste a la niña… aun sabiendo de quién era.

Ella alzó la mirada atónita:

—¿Él lo sabía?

—Sí, vino a verme. Bueno, por el bien del bebé violé el secreto profesional. Por eso pudo Tina tener un hogar. No irás a denunciarme, ¿no?

—Oh, doctor Lanskell… —Se le anegaron los ojos de conmovidas lágrimas—. ¿Jim lo sabía? ¿Jim lo sabían y no me dijo nada?

—No. Por entonces la gente era poco dada a compartir confidencias, ¿verdad? Pero quiero que sepas que te admiró enormemente por lo que hiciste. Y si, según creo, confías en que ahora él habita en un mundo bastante más tolerante, ¿qué razones tienes para pensar que no te admirará más si cabe por lo que te dispones a hacer? Es de suponer que en el cielo —concluyó el doctor en tono sarcástico— la gente es consciente de que aquí abajo resulta bastante más difícil arriesgar a la edad de cuarenta y cinco que a la de veinticinco.

—Ah, justo eso pensaba yo esta misma mañana —confesó Delia.

—Bien, pues esta tarde vas a demostrar lo contrario. —El doctor consultó su reloj, se levantó y puso una mano paternal sobre su hombro—. Deja que la gente piense lo que le venga en gana, y envíame a la joven Delia si te causa problemas. Tu chico no lo hará, eso ya lo sabes, como tampoco John Junius. Debió de ser una mujer quien inventó lo de la tercera y cuarta generación…

Una criada entrada en años se asomó a la puerta y Delia se puso de pie para marcharse. Pero se detuvo un instante en el umbral:

—Más bien creo que será a Charlotte a quien tenga que enviar a hablar con usted.

—¿A Charlotte?

—No va a gustarle nada lo que me propongo hacer, como puede imaginarse.

El doctor Lanskell alzó sus plateadas cejas:

—Sí, ¡pobre Charlotte! Supongo que estará celosa, ¿no? Ahí es donde entra el asunto ese de la tercera y cuarta generación, al fin y al cabo. Alguien siempre acaba pagando los platos rotos.

—¡Ah, con tal de que no sea Tina!

—Bueno, pues precisamente eso es lo que Charlotte comprenderá a su debido tiempo. Así que tu proceder está claro.

La acompañó a la salida atravesando el comedor, donde ya esperaban unos cuantos menesterosos y viejos pacientes.

Y, efectivamente, a Delia su proceder le pareció bastante claro hasta que, llegada la tarde, citó a Charlotte en privado en su habitación. Tina estaba en cama con jaqueca: por entonces tal era el estado aceptable para jovencitas con dilemas sentimentales, lo cual facilitaba significativamente la comunicación entre sus mayores.

Delia y Charlotte tan solo habían alcanzado a intercambiar algunas frases convencionales durante el almuerzo, pero Delia tenía la impresión de que la decisión de su prima era prácticamente irrevocable. Sin duda, los acontecimientos de la pasada noche ratificaban a Charlotte en su idea de que había llegado el momento de adoptar aquella medida.

La señorita Lovell, cerrando la puerta del dormitorio con su brusca determinación habitual, se acercó hasta el diván de chintz ubicado entre las ventanas.

—¿Querías verme, Delia?

—Sí. Oh, no te sientes ahí —exclamó la señora Ralston sin poder contenerse.

Charlotte la miró perpleja: ¿sería posible que no recordase los angustiados sollozos que una vez ahogase contra aquellos mismos cojines?

—¿Que no me…?

—No, acércate más a mí. A veces creo que me estoy quedando un poco sorda —explicó Delia alterada, arrimando una silla a la suya.

—Ah —Charlotte se sentó—. No lo había notado, pero si es así te habrás librado de saber a qué hora de la madrugada regresó Tina de casa de los Vandergrave. Pese a lo desconsiderada que es, le habría pesado enormemente haberte despertado.

—No me despertó —replicó Delia. Rumiaba para sus adentros: Charlotte está decidida, no podré hacerla cambiar de idea—. Supongo que Tina se divertiría muchísimo en el baile, ¿no? —añadió.

—Bueno, lo está pagando con una jaqueca. Tanta vida social no está hecha para ella, ya te lo he dicho…

—Sí —interrumpió la señora Ralston—. Precisamente para continuar con nuestra charla de anoche es para lo que te he pedido que subieras.

—¿Para continuar? —reaparecieron los círculos rojizos en las entecas mejillas de Charlotte—. ¿Vale la pena? Creo que, de entrada, debo decirte que mi decisión es irrevocable. Supongo que admitirás que sé qué es lo mejor para Tina.

—Sí, por supuesto. Pero ¿pero no vas a permitirme siquiera una mínima participación en tu decisión?

—¿Participación?

Delia se inclinó hacia delante, posando su cálida mano sobre los dedos entrelazados de su prima.

—Charlotte, una vez, en esta misma habitación, me pediste que te ayudara, creíste que yo podía hacerlo. ¿No puedes creerlo de nuevo?

Los labios de Charlotte se tornaron rígidos:

—Creo que ha llegado el momento de ayudarme a mí misma.

—¿A costa de la felicidad de Tina?

—No, pero sí para librarla de una desdicha mayor.

—Pero, Charlotte, yo no deseo otra cosa que la felicidad de Tina.

—Oh, ya lo sé. Has hecho todo lo que has podido por mi hija.

—No, no todo —Delia se incorporó y se colocó ante su prima con cierta gravedad—. Pero voy a hacerlo ahora.

Fue como si hubiese pronunciado un voto solemne.

Charlotte alzó la vista hacia ella con la suspicacia relampagueando en sus atribulados ojos.

—Si lo que quieres decir es que vas a usar tu influencia con los Halsey, te lo agradezco, siempre te estaré agradecida. Pero no quiero un matrimonio por compromiso para mi hija.

Delia se impacientó ante la escasa sagacidad de la otra. A ella le parecía llevar su propósito escrito en la cara.

—Voy a adoptar a Tina, a darle mi nombre —anunció.

Charlotte se la quedó mirando atónita:

—¿Adoptar...? ¿Adoptarla?

—¿Es que no comprendes, querida, lo que eso implicará? Está el dinero de mi madre... El dinero de los Lovell, no es que sea mucho, desde luego, pero

Jim siempre quiso que éste volviera a los Lovell. Y Delia y su hermano disfrutan de una posición tan holgada… No hay motivo para que yo no pueda dejarle a Tina mi modesta fortuna ni tampoco para que no sea reconocida como Tina Ralston.

Delia hizo un inciso:

—Pienso, creo saber, que también Jim lo aprobaría.

—¿Que lo aprobaría?

—Sí. ¿No ves que cuando me permitió hacerme cargo de la niña tenía que haber previsto y aceptado lo que… bueno, cualquier consecuencia derivada de ello?

Charlotte se incorporó a su vez:

—Gracias, Delia, pero ninguna otra cosa debe derivarse de ello, excepto el hecho de marcharnos, de marcharnos ya. Estoy segura de que eso es lo que le habría parecido bien a Jim.

La señora Ralston retrocedió un par de pasos. La fría determinación de Charlotte la amilanó y fue incapaz de hallar una respuesta inmediata.

—Ah, ¿entonces te resulta más fácil sacrificar la felicidad de Tina que tu orgullo?

—¿Mi orgullo? No tengo derecho a enorgullecerme de nada salvo de mi hija. Y ese orgullo no lo sacrificaré jamás.

—Nadie te pide que lo hagas. No estás siendo razonable. Eres cruel. Lo único que quiero es que se me permita ayudar a Tina y tú me hablas como si estuviese interfiriendo en tus derechos.

—¿Mis derechos? —Charlotte acompañó sus palabras de una risa sarcástica—. ¿Cuáles? Yo no tengo derechos, ni ante la ley ni en el corazón de mi propia hija.

—¿Cómo puedes decir algo así? Sabes que Tina te adora.

—Sí, con lástima, como yo misma solía querer a mis viejas tías solteras. Tenía dos, ¿recuerdas? ¡Parecían bebés ajados! A los niños se nos advertía siempre que no dijésemos nada que pudiese molestar a tía Josie o a tía Nonie, exactamente igual que te escuché a ti decírselo a Tina la otra noche.

—Oh —murmuró Delia.

Charlotte Lovell permanecía de pie ante ella, demacrada, intransigente, inconmovible.

—No, esto ya ha durado demasiado. Voy a contárselo todo y a llevármela de aquí.

—¿Contarle lo de su nacimiento?

—Nunca me avergoncé de ello —replicó Charlotte con voz entrecortada.

—Entonces, ¿la sacrificas, la sacrificas por tu afán de control sobre ella?

Las dos mujeres se observaron, agotadas sus respectivas municiones. Desde el temblor provocado por la indignación observó Delia cómo su antagonista vacilaba, trastabillaba y se desplomaba en el diván con un murmullo entrecortado. Charlotte ocultó su rostro en los cojines, aferrándolos con las manos crispadas. La feroz pasión maternal que antaño la lanzase contra aquellos mismos cojines la doblegaba ahora con mayor ímpetu, en la agonía de una renuncia aún más amarga. A Delia le parecía estar escuchando el lamento de antaño: «¿Pero cómo voy a renunciar a mi hija?». Se disipó su fugaz animosidad, y se inclinó sobre los convulsos hombros de la madre.

—Chatty… Esta vez no será como renunciar a ella. ¿Es que no podemos seguir queriéndola las dos?

Charlotte no respondió. Durante largo rato permaneció callada, inmóvil, con el semblante vuelto. Parecía como si temiese mostrarlo al rostro inclinado sobre ella. Sin embargo, al cabo de un momento, Delia comenzó a percibir un paulatino relajamiento de los tensos músculos y vio que uno de los brazos de su prima se estiraba tanteando torpemente. Ella bajó la manó para asir aquellos dedos suplicantes y Charlotte la tomó y se la llevó a los labios.

CAPÍTULO 6

Tina Lovell —en adelante señorita Tina Ralston— se casaría en julio con Lanning Halsey. El compromiso se había anunciado en el mes de abril y, en un principio, las matronas del clan pusieron el grito en el cielo por lo indecoroso de un noviazgo tan breve. En el Nueva York de entonces todo el mundo estaba de acuerdo en que «había que darle a los jóvenes tiempo para conocerse». Aunque la mayoría de las parejas que conformaba la sociedad neoyorquina había jugado junta desde la infancia y procedía de padres que, a su vez, se conocían de toda la vida, la tácita ley del decoro exigía que se tratase a la pareja recién comprometida como si acabase de conocerse. En los estados sureños las cosas eran diferentes: en sus anales no eran extraordinarios los compromisos repentinos, incluso los matrimonios con fuga incluida. Pero premuras de esa índole eran menos compatibles con la flemática sangre neoyorquina, donde el ritmo de vida aún se regía por la templada idiosincrasia holandesa.

Pese a ello, en un caso tan insólito como el de Tina Ralston, a nadie le sorprendía que se hubiesen pasado por alto los convencionalismos. Para empezar, todo el mundo sabía que Tina no tenía nada de Ralston, a no ser, claro está, que uno estuviese dispuesto a dar crédito a los rumores sobre el insospechado «pasado» del pobre Jim y a la magnanimidad de su esposa. Pero la mayoría de las opiniones eran contrarias al respecto. La gente se resistía a acusar a un muerto de una ofensa de la que no podía defenderse, de modo que los Ralston declararon unánimemente que, si bien desaprobaban por completo el proceder de la señora de James Ralston, estaban convencidos de que nunca habría adoptado a Tina de haber sabido que su acción podría «manchar la reputación» de su difunto esposo.

No, la chica quizá fuese una Lovell —incluso dicha posibilidad se cuestionaba—, pero desde luego no era una Ralston. Sus ojos castaños y su espontáneo talante la excluían tan claramente del clan que nunca resultó necesaria una excomunión formal. De hecho, la mayoría de la gente creía que —tal como había afirmado siempre el doctor Lanskell— su origen era inexpugnable, que representaba uno de los misterios insolubles que de vez en cuando sorprenden e incomodan a las comunidades largamente establecidas, y que su adopción por parte de Delia Ralston constituía una prueba más de la unión entre los Lovell, puesto que la niña había sido acogida por la señora Ralston solo porque su prima Charlotte estaba muy encariñada con ella. Sería exagerado afirmar que a los hijos de la señora Ralston les complacía la idea de la adopción de Tina, pero ambos se abstenían de hacer comentarios, atenuando los efectos del capricho de su madre con un digno silencio. Así encubrían las familias del rancio Nueva York las excentricidades de alguno de sus miembros, y siempre que hubiese «dinero suficiente para vivir bien» se consideraba de mal gusto que los herederos hiciesen gala de tacañería ante la desviación de una pequeña suma del patrimonio general.

No obstante, desde el momento de la adopción de Tina, Delia fue perfectamente consciente de la distinta actitud de sus dos hijos hacia su persona. La trataban con condescendencia, casi con paternalismo, como a un menor al que se le ha perdonado un pequeño desliz de juventud, pero al que en consecuencia hay que someter a una vigilancia más estrecha. La sociedad, por su parte, le dispensaba la misma recelosa indulgencia.

Indudablemente, Delia tenía (Sillerton Jackson fue el primero en expresarlo así) una particular manera de «salirse con la suya». No se había visto nada parecido en Nueva York desde que la osada señora Manson Mingott doblegase la voluntad de su esposo. Pero el método de la señora Ralston era distinto, no tan fácil de analizar. Lo que la señora Manson Mingott había conseguido a fuerza de agudeza verbal, invectiva, insistencia e idas y venidas, la otra lo obtuvo sin levantar la voz, sin dar nunca la impresión de sacar los pies del plato. Cuando convenció a Jim Ralston para acoger a la pequeña huérfana, lo hizo sin aspavientos, sin que se supiese cómo o cuándo, de manera que a la mañana siguiente ambos reaparecieron ante todos tan imperturbables y complacidos como de costumbre. ¡Y ahora, en el tema de la adopción, había seguido un método idéntico! Según Sillerton Jackson, se comportaba como si la adopción de Tina fuese algo que siempre se hubiese dado por hecho y le producía perplejidad la extrañeza de la gente. Y, claro está, ante la perplejidad de Delia, la del resto se antojaba tan fuera de lugar que paulatinamente todos desistieron de exhibirla.

Pero en realidad, bajo la seguridad de Delia subyacía una barahúnda de dudas e incertidumbres. Sin embargo, como ya aprendiera en cierta ocasión, uno podía hacer lo que se propusiera (tal vez incluso matar) siempre que no tratase de dar explicaciones, y ésta era una lección que no había olvidado. No dio explicaciones cuando se responsabilizó del bebé expósito, como tampoco pensaba darlas ahora respecto a la adopción. Se limitaría a proseguir con sus asuntos como si no tuviese que rendir cuentas de nada. La continuada práctica de contención moral la ayudaba a reservarse sus dudas para sí misma.

Tales dudas tenían menos que ver con la opinión pública que con los pensamientos más recónditos de Charlotte Lovell. Tras su primer momento de trágica resistencia, Charlotte se había mostrado patéticamente —y dolorosamente— agradecida. La actitud de Tina corroboraba que tenía motivos para estarlo. Durante los días que siguieron a su regreso del baile de los Vandergrave, Tina había mostrado un aire taciturno y sombrío que a Delia le recordaba penosamente la devastada imagen de Charlotte Lovell reflejada en el espejo de su dormitorio años atrás. El primer capítulo de la historia de la madre estaba escrito en los ojos de la hija, y la sangre Spender de Tina podía precipitar los acontecimientos. Durante aquellos primeros días de muda vigilancia, Delia descubrió, con pavor y compasión, lo justificado de los temores de Charlotte. Ambas habían estado a punto de perder a Tina. A toda costa había que impedir que se repitiese dicho riesgo.

En términos generales, los Halsey se habían comportado de forma admirable. Lanning deseaba casarse con la protegida de la apreciada Delia Ralston, quien, como era bien sabido, adoptaría en breve el apellido de su madre y heredaría su fortuna. ¿Podía un Halsey aspirar a algo mejor que a otra alianza con un Ralston? Los matrimonios entre ambas familias habían sido frecuentes. Los progenitores Halsey dieron su bendición con una presteza que evidenciaba sus propias inquietudes, y el alivio de ver a Lanning «asentado» compensó sobradamente los posibles inconvenientes del enlace. Como era de esperar, una vez celebrado el mismo, ni siquiera entre ellos mismos volverían a admitir la existencia de dichos inconvenientes. El Nueva York más tradicional tendía a pasar por alto lo que pudiese interferir con el impecable decoro social de sus designios.

Naturalmente, Charlotte Lovell percibía y registraba todo aquello. Aceptaba la situación —en sus momentos de intimidad con Delia— como una más de la larga lista de indulgencias concedidas a una pecadora que no las merecía. Una frase suya resumía la naturaleza de su abnegación: «Al menos así ella nunca sospechará la verdad». El propósito más firme en la vida de aquella desdichada mujer era que su hija no averiguase nunca el vínculo entre ambas...

Sin embargo, para Delia, el principal consuelo era contemplar a Tina. Aquella mujer madura, cuya vida entera había sido trazada y teñida por el tenue reflejo de una felicidad contrariada, vivía como embelesada a la luz de la dicha consentida. A veces, observando el rostro cambiante de Tina, sentía como si fuese su propia sangre la que latía en él, como si pudiese leer cada uno de los pensamientos y emociones que nutrían aquellas caudalosas corrientes. El amor de Tina era de índole tempestuosa, con continuos altibajos de éxtasis y decaimiento, de arrogancia y timidez. Así, desplegadas ante ella con ingenua franqueza, Delia percibía las visiones, anhelos y ensoñaciones de su reprimida juventud.

No era fácil discernir lo que la joven pensaba en realidad sobre su adopción. A los catorce años conoció la versión aceptada sobre sus orígenes, asumiéndola con la despreocupación con la que un chiquillo feliz acepta un hecho remoto e inconcebible que no altera sustancialmente el orden conocido de las cosas. Y con idéntico espíritu aceptó su adopción. Sabía que le habían concedido el apellido Ralston para posibilitar su matrimonio con Lanning Halsey. Delia tenía la sensación de que las pequeñas dudas quedaban sumergidas bajo su gratitud desbordante. «Siempre he pensado en ti como en mi madre y ahora, querida mía, lo eres de veras», le había susurrado Tina con su mejilla contra la de Delia. Entre risas había replicado ésta: «¡Bueno, si los abogados me lo permiten!». Y ahí había quedado el asunto, arrastrado por el torbellino del entusiasmo de Tina. Por aquellos días, todos ellos, Delia, Charlotte e incluso el galante Lanning, eran como briznas de hierba arremolinadas en un soleado torrente.

La dorada marea les empujaba hacia delante, cada vez más cerca de la mágica fecha. Delia, absorta en preparativos nupciales, se asombraba de la relativa indiferencia con la que había encargado e inspeccionado los mil y un detalles para el enlace de su propia hija. Nada le había acelerado el pulso en los plácidos esponsales de la joven Delia. En cambio, a medida que se aproximaba el día de la boda de Tina, su imaginación volaba a la par del tiempo. La ceremonia se celebraría en Lovell Place, la antigua residencia en el Estrecho donde se había casado la propia Delia, y donde pasaba los veranos desde la muerte de su madre. Aunque desde entonces la zona se había expandido en una red de callejuelas, la vieja mansión con su terraza porticada aún miraba hacia los canales de Hell Gate, por encima del prado asilvestrado y de los frondosos arbustos. Los salones conservaban sus delicados y coquetos sofás, sus consolas y vitrinas Sheraton. Nadie se había planteado sustituirlos por mobiliario más moderno porque el crecimiento de la ciudad hacía pensar, con creciente fundamento, en la inminente venta de la propiedad.

La de Tina, al igual que la de la señora Ralston, sería una «boda doméstica», si bien la sociedad episcopaliana comenzaba a recelar de dichas ceremonias, por ser el ignominioso último recurso de baptistas, metodistas, unitarios y demás sectas que prescindían del altar. No obstante, en el caso de Tina, tanto Delia como Charlotte opinaban que la mayor intimidad de una boda celebrada en casa compensaba su carácter menos solemne. Los Halsey secundaron la decisión. Por consiguiente, las señoras se instalaron en Lovell Place antes de finales de junio, y cada mañana podía verse el velero del joven Lanning Helsey cruzando la bahía y plegando su única vela en el amarradero al pie del prado.

Nadie recordaba un mes de junio como aquél. Las rosas de damasco y las gualdas del porche nunca habían recibido una brisa estival como la que penetraba por las cristaleras; los nudosos naranjos traídos del viejo invernadero porticado jamás habían florecido de forma tan exuberante. Incluso los almiares del prado desprendían aromas de Arabia.

La noche previa a la boda, Delia Ralston estaba sentada en el porche contemplando cómo se elevaba la luna sobre el Estrecho. Se sentía fatigada por el sinfín de preparativos de última hora y apenada al pensar en la partida de Tina. A la noche siguiente la casa estaría vacía. Hasta que les llegase la muerte, Charlotte y ella se sentarían juntas y solas junto a la lámpara de noche. Era absurdo lamentarse así, no era —se recordó a sí misma— «propio de ella». Pero demasiados recuerdos se avivaban susurrándole, tenían su corazón asediado. Al cerrar la puerta del silencioso salón, ya transformado en capilla, con su altar revestido de encajes, los estilizados jarrones de alabastro aguardando las rosas blancas y las lilas de junio, la estrecha alfombra roja que separaba los bancos desde la puerta hasta el improvisado presbiterio, le asaltó la idea de que tal vez hubiese sido un error regresar a Lovell Place para la boda. Volvió a verse con su vestido de muselina india de talle alto y bordado con margaritas, con las sandalias de satén, el velo de Bruselas... Se vio nuevamente reflejada en el viejo espejo dorado mientras abandonaba aquella misma sala del brazo triunfal de Jim Ralston, y la mirada aterrada que intercambió con su propia imagen justo antes de ocupar su lugar bajo el arco de rosas blancas del vestíbulo, sonriendo a los asistentes que la felicitaban. ¡Ah, qué imagen tan distinta reflejaría el espejo al día siguiente!

Resonaron dentro de la casa los pasos acelerados de Charlotte Lovell y ésta salió a reunirse con la señora Ralston.

—Vengo de la cocina de decirle a Melissa Grimes que cuente al menos con doscientos platos de helado.

—¿Doscientos? Sí, supongo que será lo mejor, teniendo en cuenta que vienen todos los parientes de Filadelfia —calculó Delia—. ¿Qué hay de los salvamanteles de encaje?

—Nos arreglaremos de maravilla con los de tu tía Cecilia Vandergrave.

—Sí. Gracias, Charlotte, por tomarte tantas molestias.

—Oh… —protestó Charlotte esbozando su típica mueca de desdén. Y Delia captó lo irónico de agradecerle a una madre que se ocupase de los detalles de la boda de su propia hija.

—Siéntate, Chatty —le susurró, sintiendo que se ruborizaba ante el desliz.

Con un gesto de fatiga, Charlotte se sentó en la silla más cercana.

—Mañana tendremos un día espléndido —comentó contemplando pensativa el cielo despejado.

—Sí. ¿Dónde está Tina?

—Está muy cansada. La he enviado arriba a descansar un poco.

Aquello admitía tan poca discusión que Delia no respondió de inmediato. Al cabo de unos instantes dijo:

—La vamos a echar de menos.

Charlotte replicó con un murmullo ininteligible.

Ambas primas permanecieron calladas, Charlotte tan erguida como de costumbre, aferrando con sus escuálidas manos los reposabrazos de su vetusto asiento de anea, Delia ligeramente hundida en un sillón de respaldo alto. Habían intercambiado las últimas observaciones acerca de los preparativos de la mañana. Nada quedaba por comentar acerca del número de invitados, la elaboración del ponche, los detalles de la indumentaria del sacerdote o sobre la disposición de los regalos en la habitación de huéspedes más espaciosa.

Solo un tema les quedaba por tratar, y Delia, observando el adusto perfil de su prima recortado a la menguante luz crepuscular, esperó a que Charlotte hablase en primer término. Pero Charlotte permanecía muda.

—He estado pensando —se decidió finalmente Delia, con un imperceptible quiebro en la voz— que ahora debería…

Le pareció advertir que las manos de Charlotte se crispaban sobre los brazos del sillón.

—¿Deberías qué…?

—Bueno, tal vez debería subir unos minutos antes de que Tina se duerma…

Charlotte no respondió una palabra, claramente resuelta a no facilitarle las cosas.

—Mañana —prosiguió Delia— estaremos tan atareadas desde primera hora que, con tanto ajetreo y nerviosismo, no veo cómo voy a apañármelas para…

—¿Para…? —repitió mecánicamente Charlotte.

En la penumbra, Delia sintió que se acentuaba su sonrojo:

—En fin, supongo que convendrás conmigo en que habría que decirle algo a la niña respecto a los nuevos deberes y responsabilidades que… Bueno, lo normal en estos casos, ¿no? —concluyó vacilante.

—Sí, ya he pensado en ello —replicó Charlotte. No dijo nada más, pero en su tono adivinó Delia el resurgir del tenebroso rechazo que indefectiblemente se manifestaba en los momentos cruciales de la vida de Tina. No conseguía entender por qué en situaciones así Charlotte se volvía tan hierática e inaccesible, y en este caso en particular no veía motivo para que aquel cambio de actitud interfiriese en lo que ella consideraba su deber. Tina debía de añorar entrar de su mano en su nueva vida, tanto como la propia Delia ansiaba el intercambio de veladas confidencias que constituiría su íntimo adiós a su hija adoptiva. Con el corazón latiéndole algo más aceleradamente de lo habitual, se levantó y atravesó la puerta de vidriera para acceder al salón en penumbra. Por entre las columnas de la galería, la luna arrojaba una ancha franja de luz sobre las hileras de sillas e iluminaba el altar revestido de encajes, con sus candelabros y floreros vacíos, orlando asimismo en plata el atribulado reflejo de Delia sobre el espejo del entrepaño.

Cruzó la habitación en dirección al vestíbulo.

—¡Delia! —la voz de Charlotte sonó tras ella. Delia se giró y ambas mujeres se observaron bajo la clara luz. El rostro de Charlotte tenía el mismo aspecto que aquel infausto día en que Delia lo viese reflejado en el espejo del tocador por encima de su hombro.

—¿Pensabas subir ahora a hablar con Tina? —inquirió Charlotte.

—Yo… Sí. Son casi las nueve. Creí que…

—Sí, ya veo. —La señorita Lovell realizaba visibles esfuerzos por controlarse—. Compréndeme tú a mí, Delia, si te pido, por favor, que no lo hagas.

Delia miró a su prima con una imprecisa aprehensión. ¿Qué nuevo misterio encubría aquel extraño ruego? Pero no, la duda que cruzó un instante por su mente era inadmisible. ¡Confiaba plenamente en su Tina!

—Admito que no lo entiendo, Charlotte. Doy por descontado que consideras natural que una muchacha tenga el consuelo de su madre la noche antes de su boda, que cuente con su…

—Si, lo considero natural. —Charlotte respiraba con agitación—. La cuestión es: ¿cuál de nosotras es su madre?

Delia retrocedió instintivamente.

—¿Cuál de nosotras…? —balbuceó.

—Sí. Oh, no creas que es la primera vez que me hago esta pregunta. Pero, en fin, me he propuesto no alterarme, permanecer serena. No pretendo mirar atrás. He aceptado… Lo he aceptado todo con gratitud. Solo que esta noche… Por esta noche…

A Delia la embargó la lástima que siempre prevalecía sobre cualquier otro sentimiento en los excepcionales momentos de confidencia con Charlotte Lovell. Se le formó un nudo en la garganta y guardó silencio.

—Solo por esta noche —concluyó Charlotte— seré su madre.

—¡Charlotte! No pensarás decírselo… precisamente ahora —estalló Delia sin poder contenerse.

Charlotte rió débilmente:

—¿Tan odioso te parecería que lo hiciese?

—¿Odioso? ¡Esa palabra no cabe entre nosotras!

—¿Que no cabe entre nosotras? Pero si es la palabra que se ha interpuesto entre nosotras desde el principio, desde el primer momento. Desde el día en que descubriste que, después de todo, a Clement Spender no se le rompió el corazón por no haber sido lo bastante bueno para ti; ¡desde que hallaste una forma de represalia y desagravio teniéndome a tu merced y arrebatándome a su hija! —Las palabras de Charlotte brotaban incandescentes, como expulsadas desde abismos infernales. Al cabo de un instante el fuego se extinguió, agachó la cabeza y permaneció en silencio y atribulada ante Delia.

La reacción inicial de Delia fue de ultrajado rechazo. Mientras ella únicamente había albergado ternura, compasión, deseos de colaborar y ayudar, en el corazón de la otra habían prendido aquellas vilezas. Fue como si un humo nocivo se hubiese esparcido sobre un radiante paisaje estival.

Por lo general este tipo de reacciones eran pronto seguidas de una actitud conciliadora. Pero Delia no fue capaz de invocarla en aquella ocasión. Se adueñó de ella un cansancio infinito.

—Sí —dijo lentamente—. A veces creo que realmente me odiaste desde el primer momento, que me has odiado por todo lo que he intentado hacer por ti.

Charlotte levantó la cabeza bruscamente:

—¿Hacer por mí? ¡Pero si todo lo has hecho por Clement Spender!

Delia se la quedó mirando con una sensación parecida al terror:

—Eres horrible, Charlotte. Palabra de honor que hace años que no pienso en Clement Spender.

—¡Ah, ya lo creo que has pensado en él, ya lo creo! Pensabas en él cada vez que pensabas en Tina, en él y en nadie más. Una mujer no deja nunca de pensar en el hombre al que ama. Piensa en él durante muchos años, de distintas formas y de manera inconsciente, lo hace a través de un sinfín de cosas: libros, cuadros, puestas de sol, una flor, una cinta... o un reloj sobre la repisa de la chimenea. —Charlotte dejó escapar su familiar risa despectiva—. Precisamente por eso aposté por ti, ya sabes, por eso acudí a ti aquel día. Sabía que le estaba proporcionando otra madre a Tina.

De nuevo aquel humo venenoso pareció envolver a Delia: que ella y Charlotte, dos mujeres provectas, estuvieran hablando de odios ante el altar nupcial de Tina, le parecía algo increíblemente miserable e indigno.

—¡Perversa! ¡Eres una mujer perversa! —le espetó.

Justo entonces se disipó la bruma maligna y, a través de ella, Delia alcanzó a ver la imagen, desquiciada y patética, de la madre que no era tal y que con cada claudicación se había sentido despojada de un privilegio. Se acercó a Charlotte y le puso una mano sobre el brazo.

—Aquí no. No hablemos así aquí.

La otra se apartó.

—Donde tú digas, pues. ¡No tengo preferencias al respecto!

—Pero ¿esta noche, Charlotte? ¿La noche antes de la boda de Tina? ¿Acaso no está la casa entera impregnada de ella? ¿Cómo vamos a encontrar un sitio para seguir diciéndonos atrocidades? —Charlotte permaneció callada y Delia prosiguió en tono más firme—: Nada de lo que digas conseguirá herirme de veras... durante mucho tiempo. Y yo no quiero lastimarte a ti, nunca pretendí hacerlo.

—¿Ahora dices eso, cuando nunca has evitado hacer todo aquello que pudiese separarme de mi hija? ¿Crees que ha sido fácil, a lo largo de todos estos años, oírla llamarte mamá? Oh, ya sé, ya sé, acordamos que ella nunca debía sospechar… Pero si tú no te hubieses interpuesto siempre entre nosotras, ella solo me habría tenido a mí, habría sentido por mí lo que una hija siente por su madre, no habría tenido más remedio que quererme a mí más que a nadie. Con tu indulgencia y tu generosidad has terminado robándome a mi hija. Y yo lo he tolerado todo por ella, porque sabía que no tenía alternativa. Pero esta noche, esta noche ella me pertenece a mí. Esta noche no podría soportar que sea a ti a quien llame madre.

Delia Ralston no respondió enseguida. Le pareció que por primera vez había fondeado en las profundidades de la pasión maternal, y la sobrecogían los ecos que reverberaban en su interior.

—Cuánto debes de quererla —murmuró— para decirme tales cosas. —Y seguidamente, con un último esfuerzo—: Sí, tienes razón. No subiré a verla. Eres tú quien debe ir.

Obedeciendo a un impulso Charlotte trató de acercársele pero, alzando una mano en ademán disuasorio, Delia cruzó la estancia y salió de nuevo al porche. Mientras se sentaba en su sillón oyó abrirse y cerrarse la puerta del salón, así como el sonido de los pasos de Charlotte en las escaleras.

Delia permaneció sentada a solas en medio de la noche. Había apurado la última gota de su magnanimidad e intentó apartar a Charlotte de su mente intranquila. ¿Qué estaría ocurriendo arriba en aquel instante? ¿Qué siniestras revelaciones darían al traste con las ilusiones nupciales de Tina? Bueno, aquello era algo con lo que tampoco podía elucubrar. Ella, Delia Ralston, había desempeñado su papel, había hecho cuanto estaba en su mano. Nada le quedaba ya sino tratar de sobreponerse a aquella amarga sensación de derrota.

Había un extraño poso de verdad en algunas de las cosas dichas por Charlotte. ¡Qué intuitiva la había vuelto la pasión maternal! Era como si sus celos poseyeran un millar de antenas. Sí, era cierto que Delia había rellenado la beatitud y la dulzura de la víspera nupcial de Tina con ensoñaciones sobre su propio pasado incumplido. Sutil, imperceptiblemente, se había reconciliado con el recuerdo de lo que había perdido. Durante los últimos días había vivido la vida de la joven, había sido Tina, y Tina había sido ella misma años atrás, la lejana Delia Lovell. Ahora, por primera vez, sin avergonzarse, sin autocensura, sin remordimientos ni escrúpulos, podía Delia sucumbir a la fantasía de amor correspondido que su imaginación siempre había rechazado. Había hecho su elección en su juventud y la había aceptado en su madurez. Y aquí y ahora, en esta felicidad nupcial, tan inexplicablemente suya, hallaba la compensación por todo lo que había perdido y a lo que, sin embargo, nunca renunció.

Ahora Delia sabía que Charlotte lo había adivinado todo y que ello la había llenado de un feroz resentimiento. Hacía tiempo que Charlotte había declarado que en realidad Clement Spender nunca le había pertenecido. Y se percataba de que lo mismo sucedía con la hija de Clement Spender. Cuando la verdad se le impuso, Delia sintió que el corazón volvía a inundársele de la compasión que habitualmente sentía por su prima. Comprendía que era algo terrible y sacrílego interferir en el destino de otro, rozar siquiera, aunque fuese por afecto, el derecho de cada ser humano a amar y a sufrir a su manera. Delia había intervenido en dos ocasiones en la vida de Charlotte Lovell: era natural que Charlotte fuese su enemiga. ¡Tan solo deseaba que no se vengase lastimando a Tina!

Los pensamientos de la madre adoptiva regresaron penosamente al pequeño dormitorio blanco del piso superior. Había sido su intención que la media hora con Tina dejase a la joven sumida en pensamientos tan fragrantes como las flores que hallaría junto a ella al despertar. En cambio ahora…

Delia abandonó súbitamente sus cavilaciones. Se escucharon pasos en la escalera, Charlotte descendiendo en medio de la casa silenciosa. Delia se puso en pie en un inconsciente impulso de huida: se sentía incapaz de afrontar los ojos de su prima. Dobló la esquina de la galería, esperando hallar las contraventanas del comedor sin trabar para poder escabullirse hasta su habitación sin ser vista. Pero en menos de un instante Charlotte estuvo junto a ella.

—¡Delia!

—Ah, ¿eres tú? Subía a acostarme. —A Delia le fue imposible reprimir un dejo de acritud en su tono.

—Sí, es tarde. Debes de estar agotada —Charlotte hizo una pausa. También su tono era tenso y contrito.

—Sí, lo estoy —admitió Delia.

Bajo la quietud lunar, la otra se aproximó y le tocó tímidamente el brazo.

—Pero no irás a acostarte sin subir a ver a Tina.

Delia se puso rígida.

—¿Tina? ¡Pero si es muy tarde! ¿No está ya durmiendo? Creía que habías dicho que te quedarías con ella hasta que…

—No sé si está dormida —Charlotte hizo una pausa—, no he entrado, pero hay luz bajo su puerta.

—¿No has entrado?

—No, me quedé parada en el pasillo e intenté…

—¿Qué intentaste?

—Pensar en algo, algo que decirle sin que… sin que ella sospechase… —Se interrumpió con un sollozo, pero prosiguió con un último esfuerzo—. Es inútil. Tenías razón: no hay nada que yo pueda decir. Tú eres su verdadera madre. Ve con ella. No es culpa tuya… ni mía.

—Oh… —gimió Delia.

Charlotte se abrazó a ella en afligido abatimiento.

—Dijiste que yo era perversa. No lo soy. Después de todo, ¡fue mía cuando era pequeña!

Delia le rodeó los hombros con el brazo:

—Shhh, querida, subiremos las dos a verla.

La otra sucumbió al contacto afectivo y, juntas, ambas mujeres subieron las escaleras, acompasando Charlotte su paso vehemente a los movimientos más pausados de Delia. Avanzaron por el pasillo hasta la puerta del dormitorio de Tina, pero allí Charlotte Lovell se detuvo negando con la cabeza:

—No, tú. —Y se alejó.

Tina estaba acostada, con los brazos cruzados bajo la cabeza, reflejada en su mirada dichosa la plateada franja de cielo que entraba por la ventana. Le sonrió a Delia desde su estado de duermevela.

—Sabía que vendrías.

Delia se sentó a su lado y las manos entrelazadas de ambas descansaron sobre la colcha. No se dijeron mucho, después de todo, su complicidad les permitía prescindir de las palabras. Delia no fue consciente del tiempo que permaneció junto a la joven: se abandonó al hechizo de la noche de luna.

Pero de repente pensó en Charlotte, sola tras la puerta cerrada de su alcoba, alerta, desvelada, a la espera. Delia no debía, por su propio deleite, prolongar aquella dramática vigilia. Se inclinó a darle a Tina un beso de buenas noches. A continuación se detuvo en el umbral y se volvió:

—Querida, solo una cosa más.

—¿Sí? —murmuró Tina adormilada.

—Quiero que me prometas…

—Lo que quieras, lo que quieras, mamá querida.

—Bien, pues que al despedirte mañana, justo en el último momento, ya sabes…

—¿Sí?

—Tras haberte despedido de mí y de todo el mundo, justo cuando Lanning te esté ayudando a subir al carruaje…

—¿Sí?

—Que le des tu último beso a tía Charlotte. No lo olvides, el último de todos.